VERGESSENE REICHE

R. A. SALVATORE

DIE SAGA VOM DUNKELELF

BAND 3

NEULAND

Story:
R. A. Salvatore

Skript:
Andrew Dabb

Zeichnungen:
Tim Seeley

Tuschezeichnungen:
John Lowe
Robert Q. Atkins
unter Mitarbeit von
John Rauch
Mark Englert

Farben:
Blond

US-Redaktion:
Mark Powers

IMPRESSUM: Die deutsche Ausgabe von ***VERGESSENE REICHE: Die Saga vom Dunkelelf Band 3 – Neuland*** wird von der Panini Verlags GmbH herausgegeben, Rotebühlstr. 87, 70178 Stuttgart. Geschäftsbereichsleiter: Max Müller, Chefredakteur: Jo Löffler, Redakteur: Steffen Volkmer, Übersetzung: Oliver Hoffmann und Astrid Mosler, Marketing: Claudia Hieber und Holger Wiest, Lettering & Grafik: Amigo Grafik, Asperg , PR/Presse: Steffen Volkmer, Produktion & Druck: Panini S.p.A., Italien, Vertriebsservice: stella distribution, Hamburg, Fax: 040/808053050, Auslieferung Buchhandel: VVA – Vereinigte Verlagsauslieferung, Gütersloh, **ISBN-10: 3-8332-1439-2, ISBN-13: 978-3-8332-1439-4**; Auslieferung Comic-Fachhandel: Rübartsch & Reiners, Mönchengladbach.
Amerikanische Originalausgabe: ***FORGOTTEN REALMS Vol. 3: The Legend of Drizzt – Sojourn TPB*** originally published 2006 in the US by Devil's Due Publishing, Inc.
www.paninicomics.de

Licensing by:
Properties Group

www.paninicomics.de

Was bisher geschah:

Drizzt – Prinz des Hauses Do'Urden von den grausamen Drow-Dunkelelfen – wendet nach einer qualvollen Kindheit, in der er lernen musste, dass es im Dasein seines Volkes keine Liebe und Freundschaft gibt, seiner Heimat den Rücken, nachdem sein Vater – sein einziger Freund – von der eigenen Familie ermordet wurde.

Verfolgt von den Häschern seiner Mutter kämpft er sich – gereift zum besten Kämpfer den das dunkle Reich je gesehen hat – durch die tödlichen Niederungen des Unterreichs. An seiner Seite immer seine magische Gefährtin, die Pantherin Guenhwyvar. Mit Hilfe einiger weniger Freunde, die ihn ihm den ehrenhaften und liebevollen Drizzt, und nicht den grausamen, verschlagenen Dunkelelfen sehen, gelingt es ihm zu überleben. Doch um den Nachstellungen seiner Artgenossen endgültig zu entfliehen, beschließt Drizzt zu tun, was kein Bewohner der Unterwelt sonst wagen würde: Er geht an die Oberfläche um künftig unter der grellen Sonne zu wandeln und sich den neuen Gefahren der unbekannten Welt zu stellen …

US-Forgotten Realms – Covermotiv Sojourn Tradepaperback

US-Forgotten Realms – Covermotiv Sojourn #1

Dies mochte wohl bereits Drizzt Do'Urdens **hundertstes Morgenrot** werden ...
... und doch beobachtete er noch immer **fast ängstlich**, wie die rote Linie sich über den östlichen Horizont schob.
Er wusste genau, das strahlende Licht würde in seinen **lavendelfarbenen Augen** brennen, die so an die Schatten des **Unterreichs** gewöhnt waren. Doch er nahm diesen Schmerz als sein **Fegefeuer** an ...
Eine **Notwendigkeit** auf seinem Weg, ein Wesen der **Oberflächenwelt** zu werden.
Drizzt war gerade **vierzig Jahre alt** – nach den Maßstäben seiner langlebigen Rasse kaum mehr als ein **Kind** – und doch hatte er bereits ein **ganzes Leben** gelebt ... oder mehr.
Er stammte aus der großen unterirdischen Stadt **Menzoberranzan**, der Heimat der abartigen, bösen **Drow** ...
... Dunkelelfen, die im Dienste ihrer Göttin **Lolth**, der Spinnenkönigin, Gewalt und **Verrat** zelebrierten.
Doch Drizzt war **anders**.

Als Schüler seines Vaters **Zaknafein** hatte Drizzt **Prinzipien** und **Würde** erlernt ...
... Eigenschaften, die ihn dazu brachten, Lolth abzuschwören und zusammen mit **Guenhwyvar**, seiner magischen Pantherin und einzigen Freundin, aus Menzoberranzan in die Wildnis des Unterreichs zu **fliehen**.
In finsteren Tunneln kämpfte Drizzt nun gegen Monster, Soldaten und seinen eigenen schleichenden Wahnsinn, der aus der Isolation erwuchs.
Die größte Bedrohung aber war seine rachsüchtige Familie. Sie konnte ihm seine Gotteslästerung nicht vergeben. Sie wollte seinen **Tod**.
Mit Hilfe schwarzer Magie belebte seine Mutte die **Matrone Malice Do'Urden**, die Leiche seine Vaters wieder und schuf einen geistlosen Mörde mit einem einzigen Ziel: seinem Sohn das Her herauszuschneiden.
Doch auch die Magie hat ihre **Grenzen**, und Zak gelang es, sich lange genug an sein Bewusstsein zu klammern, um Herrin Malices Zauber zu brechen – indem er sich in einen **Säureteich** stürzte.
Doch Drizzt wusste: Es war nicht vorbei. Seine **Artgenossen**, die Drow, würden weiter **Jagd** auf ihn machen, und es gab kein Loch im Unterreich, das tief genug war, ihn vor ihren Augen zu **verbergen**.
Somit gab es nur einen Ausweg: **die Oberfläche**.
Sie war ein **seltsamer**, unsteter Ort. Ein beißender Wind, der jeden Tag **kälter** zu werden schien, drang Drizzt bis ins Mark ...
... während das Sonnenlicht seine kostbaren **magischen Gegenstände** – Piwafwi, Rüstung und Krummsäbel – Stück für Stück ihrer dunkelelfischen Verzauberungen **beraubte**.
Doch Drizzt verzweifelte nicht. Er hatte seine Wahl getroffen.
Er würde sich **anpassen** und überleben.

Drizzt hatte sich in einer kleinen Höhle im Berg niedergelassen, er war jedoch nur selten dort.
Stattdessen verbrachte Drizzt seine Tage damit, in den wogenden Hügeln nach Nahrung zu suchen und die Gehöfte im Tal zu beobachten.
Versuchte, den Mut aufzubringen, sich aus der Verborgenheit hervorzuwagen und seinen Nachbarn vorzustellen.
WHUD
Drizzt kannte diese Wesen – man nannte sie Gnolle: In Menzoberranzan hielten manche sie als Sklaven.
Offensichtlich erkannten ihn die Gnolle ebenfalls oder dachten dies zumindest. Der Ruf der Drow als gewalttätige, grausame Wesen eilte ihnen weit voraus.
D-DROW. FREUND.
DU – DU MÖCHTEST, DASS ICH MITKOMME?
JA. KOMM. FREUND.

Die Gnolle waren die ersten intelligenten Kreaturen, zu denen Drizzt an der Oberfläche Kontakt bekam, und seine Neugier auf diese neue Welt und ihre Bewohner bewog ihn, ihnen zu folgen.
Unterwegs sprachen die Biester in einer seltsamen, bellenden Sprache miteinander, die Drizzt kaum verstand; es klang allerdings, als planten sie irgendein Festmahl.
Obwohl er etwas zu essen brauchte, machte ihn irgendetwas an seinen neuen Weggefährten sehr misstrauisch ...
... wobei ihn der Gedanke beruhigte, dass er nicht alleine war.
DA. EINE FAMILIE. ZWEI MÄNNER, ZWEI FRAUEN, DREI KLEINE JUNGEN.
Drizzt erkannte den Tonfall des Anführers der Gnolle. Er hatte diese Mischung aus Erregung und Blutdurst schon einmal gehört – bei seinem ersten Ausflug an die Oberfläche vor über zehn Jahren.
ALSO?
FEINDE. TÖTE ÄLTESTE FRAU, FANG MÄNNER.
Damals hatte eine Bande von Drow die friedlichen Bewohner einer Elfensiedlung abgeschlachtet. Und auch wenn Drizzt sich nicht an dem Massaker beteiligt hatte, verfolgten ihn die Schreie jener Nacht noch immer.
WAS IST MIT DEN KINDERN?
ABEND-ESSEN.

OHNE MICH!
SHUK
RAAAH!
GUENHWYVAR!
SCHLIKT
RWARRR!

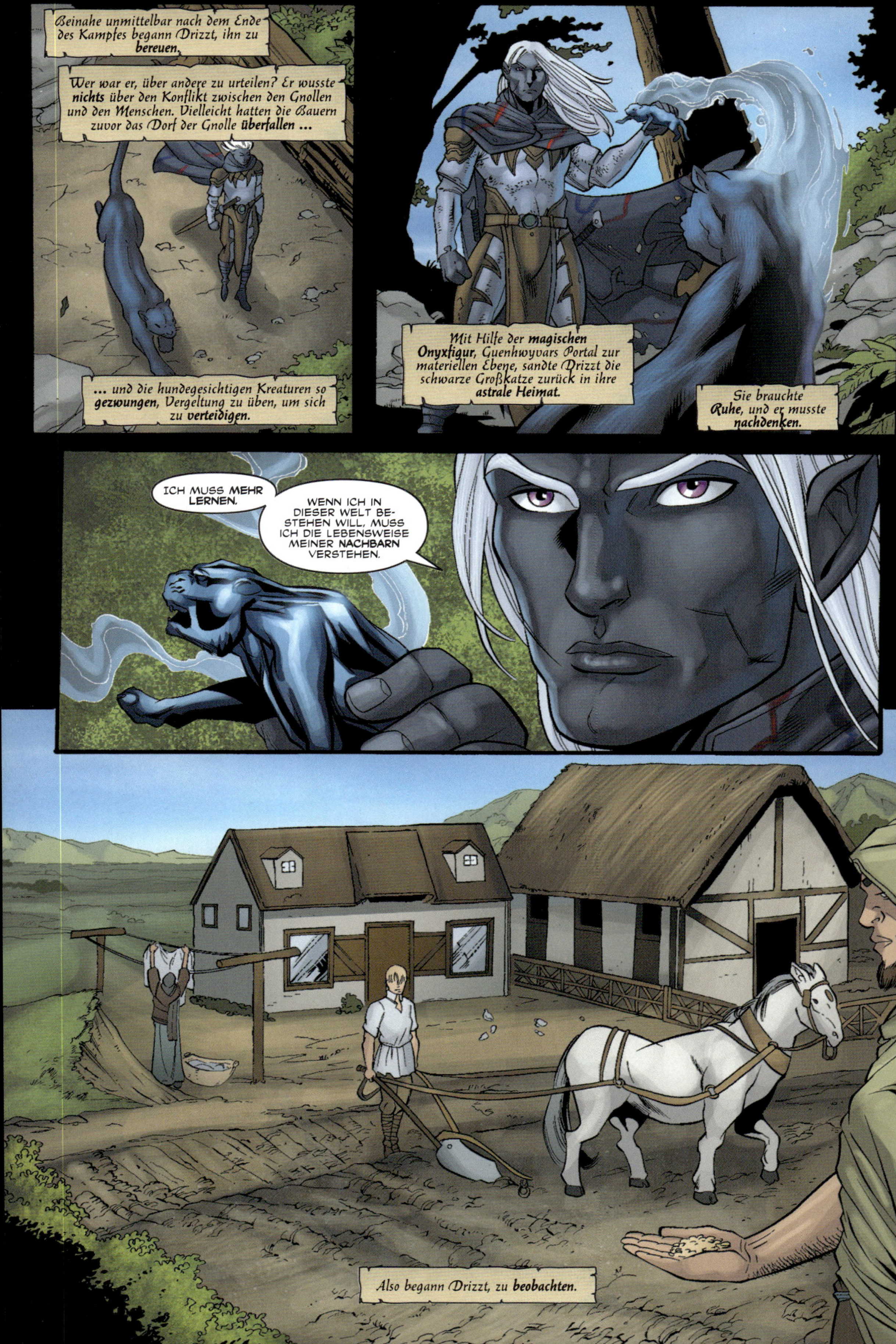
Beinahe unmittelbar nach dem Ende des Kampfes begann Drizzt, ihn zu bereuen.
Wer war er, über andere zu urteilen? Er wusste nichts über den Konflikt zwischen den Gnollen und den Menschen. Vielleicht hatten die Bauern zuvor das Dorf der Gnolle überfallen ...
... und die hundegesichtigen Kreaturen so gezwungen, Vergeltung zu üben, um sich zu verteidigen.
Mit Hilfe der magischen Onyxfigur, Guenhwyvars Portal zur materiellen Ebene, sandte Drizzt die schwarze Großkatze zurück in ihre astrale Heimat.
Sie brauchte Ruhe, und er musste nachdenken.
ICH MUSS MEHR LERNEN.
WENN ICH IN DIESER WELT BESTEHEN WILL, MUSS ICH DIE LEBENSWEISE MEINER NACHBARN VERSTEHEN.
Also begann Drizzt, zu beobachten.

Ihre Arbeit war einfach, sauber und **ehrlich**.
Wenn sie nicht arbeiteten, redeten und **lachten** die Erwachsenen ...
... und die Kinder **spielten**. Ein seltsamer, aber angenehmer Anblick für Drizzt.
Denn Drow-Kinder spielten nicht.
In nur drei Tagen hatte er jeden **Zweifel** beseitigt.
Drizzts **Bedenken** bezüglich der bösen Absichten der Gnolle waren richtig gewesen.
Diese Bauern waren **gute Leute**.
So **schwor** er, dass jeder, der ihnen in Zukunft Übles wollte, zuvor Drizzt Do'Urdens **wirbelnde Klingen** würde überwinden müssen.

♫
Das jüngste Kind, mit dem Namen Liam, verließ den Hof am frühen Nachmittag.
Drizzt wusste, dass er sich vor der Hausarbeit drückte, aber auch, dass die Hügel gefährlich sein konnten.
Daher folgte er ihm.
SNAP!
WER IST DA?!
Drizzt fluchte lautlos – er wollte den Jungen beschützen, nicht verängstigen, und jetzt ...
HILFE!

ICH SITZE HIER FEST! ICH --
Es war ein Trick. Der Junge hatte offensichtlich geglaubt, ein Mitglied seiner Familie sei ihm gefolgt und wollte durch die scheinbare Gefahr alle Gedanken an eine Bestrafung abwenden.
Ein schlauer Plan, wie Drizzt zugeben musste.
Jetzt, nachdem man ihn gesehen hatte, beschloss der Dunkelelf, sich vorzustellen.
ICH BIN DRIZZT DO'URDEN.
HILFE! ES IST EIN DRIZZIT!
HELFT MIR!

Zur gleichen Zeit, weit entfernt, hoch in den Bergen ...
MEINE GNOLLE!
WO SIND MEINE GNOLLE?
Diese Kreaturen nannte man Barghest; es waren große Bestien, aus den dreckigen, rauchenden Spalten, die die Höllen-Dimension **Gehenna** überzogen.
Waren sie fast ausgewachsen, wurden sie auf die materielle Ebene geschickt, um dort zu fressen und bis zur vollen Reife zu wachsen. Und sie hatten gut gefressen ... zumindest bis vor einigen Tagen.
HAST DU SIE GEFUNDEN?!
J-JA, MEISTER **ULGULU**. SIE WAREN T-TOT.
WAS?!
A-AUFGESCHLITZT UND ZERRISSEN VON GUTEN WAFFEN – **DROW-WAFFEN**.

WOHER WEISST DU DAS?
ICH WAR VIELE JAHRE LANG SKLAVE IN MENZOBERRANZAN. ICH BIN ENTKOMMEN, ABER AN EINIGE DINGE ERINNERE ICH MICH.
EIN DUNKELELF. KANN DAS SEIN, BRUDER KEMPFANA?!
IN DIESEM VERGESSENEN REICH? NICHTS IST UNMÖGLICH.
VIELEN DANK, OH HERRLICHER.
HM.
GUTE ARBEIT, NATHAK. ICH SOLLTE DICH BELOHNEN.
ICH SOLLTE. ABER ICH BIN HUNGRIG.
KRUNCH

DIESER DROW KÖNNTE NÜTZLICH SEIN.
JA, ER WÄRE EINE AUS-GEZEICHNETE MAHLZEIT.
RÜLPS
NEIN, BRUDER, BEDENKE, DASS WIR UNS SEIT MONATEN VON DEN MENSCHEN DIESES TALS ERNÄHREN. INZWISCHEN WERDEN SIE SICHER LANGSAM MISSTRAUISCH.
BALD WERDEN DIE BAUERN UND HÄNDLER SICH AUF DIE JAGD NACH DEM DING BEGEBEN, DAS SO VIELE VON IHNEN GETÖTET HAT -- UNS.
UND OBWOHL WIR HIER SEHR STARK GEWORDEN SIND, KÖNNTE UNS EINE WILDE HORDE VON BEWAFFNETEN IN SCHWIERIG-KEITEN BRINGEN.
ES SEI DENN, WIR GEBEN IHNEN JEMAND ANDERES, DEN SIE JAGEN KÖNNEN ...
AH! VER-SCHLAGEN!
TEPHANIS! ZU MIR! ABER SCHNELL!
ZZZZZZZZZ
JA-MEISTER, OH-MÄCHTIGSTER-UND-FURCHTERREGENDSTER-HERR?
ICH HABE EINE AUFGABE FÜR DICH.

ES IST WAHR.
GENUG JETZT! SCHLIMM GENUG, DASS DU ABGEHAUEN BIST, OBWOHL DU NOCH ZU ARBEITEN HATTEST, LIAM DISTELDAUNE. ABER MIT SO EINER GESCHICHTE HEIMZUKOMMEN!
DER DRIZZIT IST ECHT! ER IST SCHWARZ WIE CONNERS AMBOSS UND HAT GRUSELIGE LILA AUGEN! ICH KANN'S BEWEISEN!
WIE?
MORGEN HABEN WIR FREI. DANN GEHEN WIR HEIDELBEEREN PFLÜCKEN. IN DEN BERGEN. NUR DU, ICH, ELENI, FLANNY UND SHAWNO.
MAMA UND PAPA WÜRDEN UNS NIE --
DESWEGEN SAGEN WIR IHNEN AUCH NICHTS.
ICH WEISS NICHT. ES KÖNNTE GEFÄHRLICH SEIN.
WIE KANN ES GEFÄHRLICH SEIN, WENN DU SELBST SAGST, DASS DA DRAUSSEN NICHTS IST?
JA, GEH'N WIR! BITTE!
JA, CONNER! BITTE!
OH... NA GUT.
WAS MACHEN WIR, WENN WIR BEI DEN HEIDELBEEREN ANGEKOMMEN SIND?
EINE FALLE STELLEN.

Drizzt durchschaute die List, lange **bevor** die Tochter des Bauern begann, Beeren zu pflücken.
Er sah die **vier Jungs** in ihrem Versteck hinter einem Busch; der älteste hielt, nicht gerade fachmännisch, ein **rostiges Schwert**.
AUA! HELFT MIR!
HILFE!
Drizzt wusste, das Mädchen war unverletzt. Sie war nur der **Köder** ...
... denn eine Notlage hatte ihn auch zuvor herausgelockt. Sicherlich glaubten die Kinder, die Schmerzen eines hübschen jungen Mädchens würden den **Drizzit** erneut rufen.
Er dachte an sein Jahrzehnt in der Wildnis des Unterreichs zurück, wo ihn die **Einsamkeit** beinahe in den **Wahnsinn** getrieben hätte.
Drizzt wollte sich nie wie der so **alleine** fühlen.
Es war Zeit, seine **Nachbarn** kennen zu lernen.

D-DER DRIZZIT!
ICH HAB'S DIR GESAGT! ICH HAB'S GESAGT!
ES IST EIN DROW!
BEI DEN GÖTTERN...
Conner hatte noch nie einen Dunkelelfen gesehen, doch wie alle Bewohner der Reiche kannte er die Geschichten über ihre Boshaftigkeit ...
... und so wusste er, dass die Kreatur vor ihm das leibhaftige Böse in seiner reinsten Form darstellte.
VERSCHWINDE, DROW! ICH BIN EIN AUSGEBILDETER SCHWERTKÄMPFER UND VIEL STÄRKER ALS DU!
LAUF, ELENI!

Als ehemaliger Schüler Zaknafein Do'Urdens, des größten Kriegers in der Geschichte Menzoberranzans, entwaffnete Drizzt den Jungen ohne Schwierigkeiten.
Natürlich hatte er nicht die Absicht, Conner zu verletzen.
Nach den Bräuchen der Drow war ein derartiger Beweis der Überlegenheit, ohne den Gegner zu verletzen, ein eindeutiges Freundschaftsangebot.
Hier hatte er leider nicht den gewünschten Effekt.
RENNT UM EUER LEBEN!
WEG! RENNT!
ES-IST-DER-DUNKELELF! MEISTER-WIRD-FROH-SEIN! SEHR-SEHR-FROH!

Am nächsten Morgen hatte sich die Nachricht über die Begegnung mit dem Dunkelelfen bereits in der kleinen Gemeinde Maldobar verbreitet.
Die Farmer versammelten sich, bereit zusammenzuarbeiten und den gemeinsamen Feind zu besiegen, wie sie es seit Generationen getan hatten.
Wobei sie nicht sicher waren, wie genau ...
ICH HABE EINEN REITER NACH SUNDABAR GESCHICKT UND UM DIE ENTSENDUNG EINES WALDLÄUFERS GEBETEN. JEMAND, DER MIT DERARTIGEN KREATUREN UMGEHEN KANN.
WENN ES EIN DUNKELELF WAR --
WAR ES.
MEIN SOHN IST KEIN LÜGNER, BÜRGERMEISTER DELMO.
NATÜRLICH NICHT. ICH MEINTE BLOSS, WENN ES EIN DUNKELELF IST, DANN ERKLÄRT DAS AUCH DIE VIELEN VERSCHWUNDENEN MENSCHEN AUF DEN HANDELSSTRASSEN IN DER LETZTEN ZEIT.
GLAUBT MIR, BARTHOLOMÄUS, ICH VERTRAUE --
ICH NICHT!
DU MAGST DAS DING EINEN DROW NENNEN, CONNER DISTELDAUNE, ABER DIESES WORT BIRGT SO VIEL MEHR, ALS DU DENKST.
WENN'S WIRKLICH EIN DROW WAR, DEN DU GEFUNDEN HAST, LÄGEN DU UND DEINE LEUTE SCHON TOT IN DEM HEIDELBEERFELD, WÜRDE ICH DENKEN.

WENN ES KEIN DUNKELELF WAR, WAS DANN, MCGRISTLE? CONNER IST KEIN ANFÄNGER MIT DEM SCHWERT, ABER DIESES DING HAT IHN IN SEKUNDEN ENTWAFFNET.
ES GIBT ANDERE BESTIEN IN DEN BERGEN, DIE DAS KÖNNTEN: GOBLINS, TROLLE – KÖNNTE EIN WALDELF GEWESEN SEIN, DER ZU VIEL IN DER SONNE WAR.
WIE KÖNNEN WIR SICHER GEHEN?
IN DEM WIR'S FINDEN. WIR GEHEN RAUS UND SEHEN, WAS WIR SEHEN.
WIR GEHEN IN EINER STUNDE LOS. VERGESST DIE WAFFEN NICHT, JUNGS!
WER HAT DEN EINGELADEN?
RODDY MCGRISTLE MAG EIN AUFGEBLASENER RÜPEL SEIN, ABER ER IST AUCH EIN HERVORRAGENDER SPURENLESER. WENN JEMAND DAS DING FINDEN KANN – WAS IMMER ES SEIN MAG – DANN ER.
KEINE ANGST, JUNGER MANN, BEI EINBRUCH DER NACHT WIRD ALLES WIEDER IN ORDNUNG SEIN.
ES WAR KEIN GOBLIN ODER WALDELF. IHR WERDET SEHEN.

Die Jäger brachen noch am gleichen Nachmittag auf – angeführt von Roddy McGristles Jagdhunden, ausgezeichneten Spürnasen.
AROOOOO
SIE HABEN DIE WITTERUNG!
Drizzt beschattete sie ohne Schwierigkeiten. Ein Teil von ihm sehnte sich danach, dort weiter zu machen, wo er am Tag zuvor aufgehört hatte ...
... doch seine vernünftigere Seite setzte sich durch. Diese Männer wollten nicht reden, sie wollten kämpfen.
Und wenn Drizzt im Falle einer Konfrontation auch keine Sorgen um seine eigene Sicherheit plagten, so fürchtete er doch, dass einer der Bauern dabei zu Schaden käme.
AAGH!
ZZZZZZZZZZZZZZ
Drizzt hatte keine Ahnung, was für eine Kreatur ihn verletzt haben könnte, nur, dass sie schnell war – und eines seiner Schwerter gestohlen hatte.
RWAF
HABT IHR GEHÖRT? DA IST ETWAS IM BUSCH!
RWAF
RWAF
RWAF
RWAF

Alle Gedanken an sein verwundetes Handgelenk verstummten, als die Bauern näher kamen. Drizzt wollte nicht kämpfen – er brauchte eine Ablenkung.
GUENHWYVAR...
RWARRRR!
DA IST ES! FANGT ES!
NEIN, DAS IST NICHT, WAS IHR GEROCHEN HABT, ODER, JUNGS?
WHIMPER
„DA IST NOCH ETWAS ANDERES ...“
KRSH

RRRRRRR
SSST
DU HAST MEINEN HUND GETÖTET!
MEIN HUND!
Der große Mann war **erstaunlich schnell**, Drizzt konnte lediglich seinen wilden Hieben ausweichen.
DRECKIGER DROW!
DU WIRST RODDY McGRISTLE NICHT ENTKOMMEN!
Drizzt wollte den Jäger nicht **verletzen**, aber er befürchtete, er würde gleich **echten** Ärger bekommen, wenn er nicht **etwas** unternahm.

SCHUNK
RRRH!
PLIPT PLIKT
WHUMPH
NEIN!
VERDAMMTER DROW!
SEI VER-FLUCHT!
BRK
BRK

Später in der Nacht ...
Ulgulu wusste, Kempfanas Plan war gut. Dennoch hatte er ein schlechtes Gefühl in der Magengrube.
Er hatte seine Gnolle ausgesandt, um den Bauern und seinen Sohn zu entführen, in der Hoffnung, er würde durch die Aufnahme ihrer Lebenskraft endlich die Reife erlangen ...
... dann endlich könnte Ulgulu dieses stinkende Reich gegen die schauerlichen Klüfte von Gehenna eintauschen.
Der Drow hatte diesen Plan durchkreuzt. Aber nicht für lange.
Tephanis hatte gute Arbeit geleistet, als er das Schwert des Drow stahl. Mit der Waffe des Dunkelelfen würden alle weiteren Puzzlestücke zusammenfinden.
Er spürte schmerzhaften Hunger, aber Ulgulu unterdrückte den Drang.
Schließlich aßen die Drow jene nicht, die sie töteten.

DER PANTHER HAT NUR MIT UNS GESPIELT, UNS STUNDENLANG DIE HÜGEL RAUF UND RUNTER GEFÜHRT.
DER DROW IST NOCH DA DRAUSSEN.
IM MOMENT. ABER DIE WALDLÄUFERIN AUS SUNDABAR WIRD BALD HIER SEIN. SIE WIRD DIE BESTIE OHNE ZWEIFEL EINFANGEN.
SEI FROH, JUNGE. WÄREN WIR ZURÜCKGE-BLIEBEN -- NUN, DU HAST McGRISTLE GESEHEN. SEIN GESICHT...
WIR DISTELDAUNES SIND BAUERN, CONNER, KEINE KÄMPFER. ES GIBT KEINEN GRUND SICH ZU SCHÄMEN FÜR HEUTE --
IIAGH!
MUTTER?!
BLEIB HIER!
KOOM
-HN-

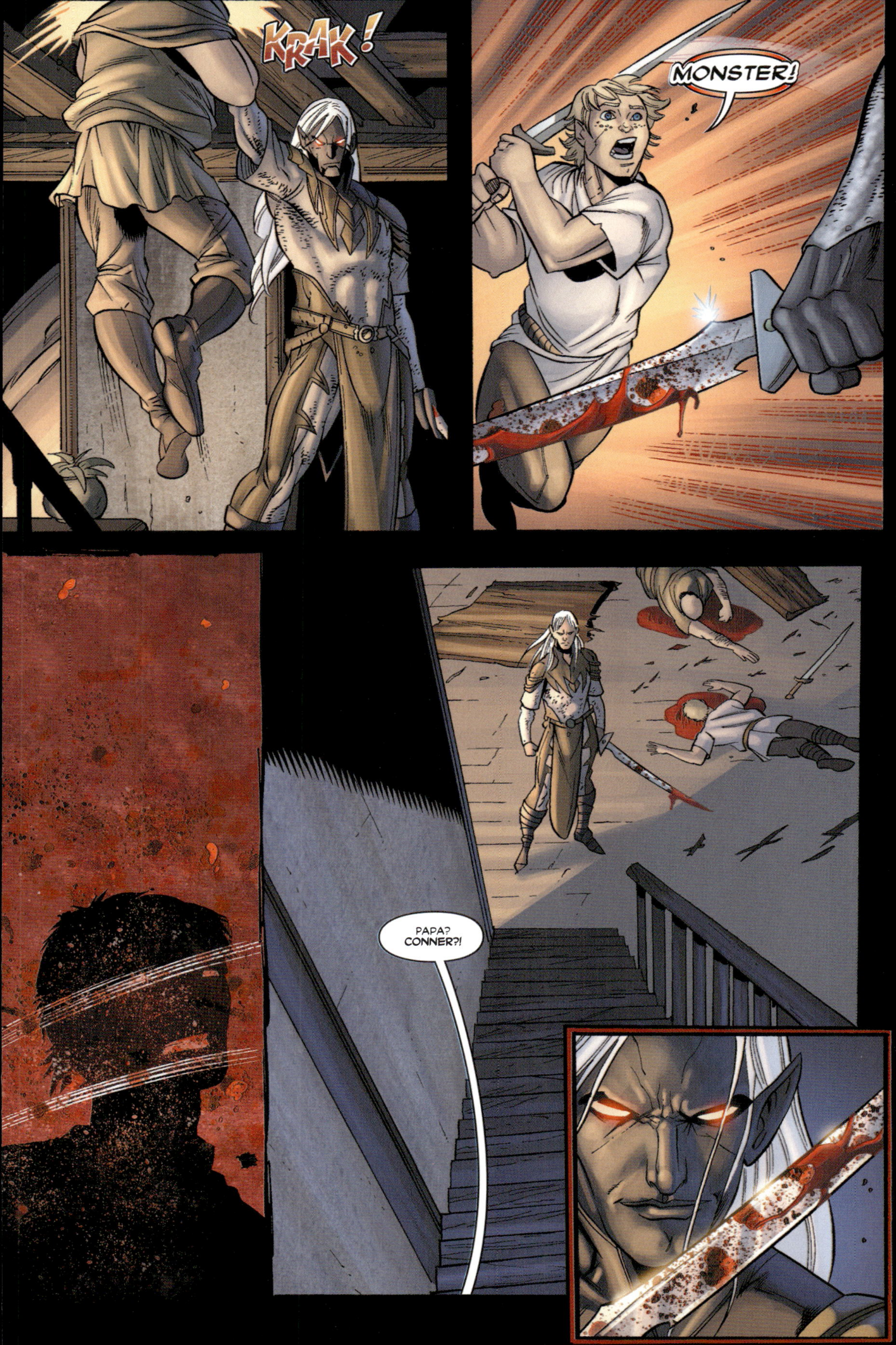
KRAK!
MONSTER!
PAPA?
CONNER?!

Am nächsten Tag kam Drizzt zögernd den Hügel herunter.
Noch konnte er warten.
Sein Zusammenstoß mit der Jagdgesellschaft hatte ihn vorsichtig gemacht, doch der Entschluss des Dunkelelfen stand fest.
Trotz aller Vorurteile und des großen Mannes mit den knurrenden Hunden wollte er diesen Ort zu seinem Zuhause machen.
Drizzt hatte damit beginnen wollen, mit dem Bauern und seinen Kindern Frieden zu schließen, doch als er ankam, waren sie noch nicht auf den Beinen.
Aus dem Morgen wurde Nachmittag.
Aus dem Nachmittag wurde Abend, aber niemand regte sich in dem Haus.
Etwas stimmte nicht.

NEIN...

Der Schreck über Drizzts grausige Entdeckung hatte sich nicht gelegt, und der Drow vermutete, dass dies nie geschehen würde.
Er hatte sich dem Schutz der Bauernfamilie verschrieben – und versagt.
Aber er würde ihren Tod rächen.
Wenngleich der Gedanke Drizzt missfiel; er hatte gehofft, er habe auch seine barbarischen Seiten zurückgelassen, als er das Unterreich verlassen hatte.
Doch so lange die Bilder des Blutbades im Bauernhaus noch so schrecklich deutlich in seinem Gedächtnis hafteten und er sich sonst an niemanden wenden konnte, konnte Drizzt nur von seinen Klingen Gerechtigkeit erwarten.
Guenhwyvar nahm die Spur des Angreifers problemlos auf und führte Drizzt hoch ins Gebirge.
Dann ein vertrautes Geräusch …
Es war das Schnell-Ding, die Kreatur, die ihn Tage zuvor ins Handgelenk gestochen und seinen Säbel gestohlen hatte.
ZZZZZZZZZ ZZZZZZZ
THWANG
WAS BIST DU ?!!
T-TEPHANIS. FEENGEIST.

HAST DU DIE BAUERN GETÖTET?
NEIN.
WER DANN?!
ULGULU ... WARTET ... ABEND-ESSEN ... DORT.
HA!
ICH -- DU --
KRAK!
KOMM, GUENHWYVAR.

HALT! NIEMAND DARF --
--UK--
ULGULU!
SO, SO, WIR SCHEINEN EINEN GAST ZU HABEN, BRUDER, UND ER KENNT MEINEN NAMEN. WIE SCHÖN.

Beim Anblick zweier großer Barghest wäre ein gewöhnlicher Mann vor Angst erstarrt.
Doch Drizzt war alles andere als gewöhnlich, und mit einem Fauchen warf er sich in die Arme des Wilden in ihm – er wusste, er würde jene finstere Kraft brauchen, um zu überleben.
Was Kempfana und Ulgulu betraf, so war die Ankunft des Drow für sie unerwartet, doch nicht ungelegen.
Er hatte seinen Zweck in ihren Plänen erfüllt, und damit blieb nur noch eine Frage:
Wer von ihnen würde das Vergnügen haben, diesen törichten Dunkelelfen zu verschlingen?
ICH!
RWARRRR!
MÖRDER!

WHUD
EEUUAGH!
RRRRRRR
RRRRRRRRRRRRRRRRRRRRRRR...
SNAP
SNAP

NARR!
ICH WERDE DICH TÖTEN, DROW-KRIEGER! ICH WERDE DEINE LEBENSENERGIE VERZEHREN, UM STÄRKER ZU WERDEN!
ICH WERDE --
SCHLIKT
-HHECCH-
KOOM

HINWEG, GUENHWYVAR!
WA-- ?
AAAAIII!
SPLAT!

BEI DEN GÖTTERN ...
Taube Falkenhand war eine bekannte Abenteurerin und fähige Waldläuferin, die gegen allerlei Monster gekämpft und dem Tod viel zu häufig in die Augen gesehen hatte.
Doch der Anblick der Überreste der Disteldaunes drehte ihr den Magen um.
Als Taube in Sundabar von dem Drow gehört hatte, hatte sie sofort eine Gruppe von Jägern zusammengestellt.
Gabriel, ein Krieger der Menschen.
Kellindil, den Elfenbogenschützen.
Und Fret, den Zwergengelehrten.
Die vier hatten manche Straße gemeinsam beschritten, und ein Dunkelelf war ein seltener und zweifellos würdiger Gegner.
Doch was Taube herausfand, beunruhigte sie.
Etwas hatte dieses Schloss aufgebrochen. So stark war kein Drow.
DER DUNKELELF HAT EIN HAUSTIER!
RIESIGER SCHWARZER PANTHER. VERDAMMT GROSSE KATZE!
UND IHR SEID?
RODDY McGRISTLE.
ER IST DER, VON DEM ICH EUCH ERZÄHLTE, HERRIN FALKENHAND... DER, DER GEGEN DEN DROW KÄMPFTE.

JA, UND ICH KANN EUCH SAGEN, DASS DERSELBE DUNKELELF, DER EINEN MEINER HUNDE GETÖTET UND MICH ENTSTELLT HAT, DAFÜR VERANTWORTLICH IST.
ICH HABE SEINE WAFFEN AUS DER NÄHE GESEHEN.
WENN IHR GENUG GESEHEN HABT, SOLLTEN WIR UNS JETZT AN DIE VERFOLGUNG MACHEN. DER VORSPRUNG DIESES DROW IST SCHON GROSS GENUG.
WIR?
McGRISTLE WIRD EUCH BEGLEITEN, ER IST EIN ERFAHRENER JÄGER UND KENNT DIE GEGEND BESSER ALS JEDER ANDERE.
HM.
NATÜRLICH WERDET IHR REICH BELOHNT WERDEN.
DIE MALDOBARER SIND BEREIT, EIN KOPFGELD AUF DEN DROW AUSZUSETZEN: ZWEITAUSEND GOLDSTÜCKE.
DAS IST EIN SEHR GROSSZÜGIGES ANGEBOT, BÜRGERMEISTER DELMO, ABER NICHT NÖTIG --
TAUBE!
DAS HABE ICH OBEN UNTER EINEM BETT GEFUNDEN!
EIN KRUMMSCHWERT! RODDY SAGTE, DER DUNKELELF TRAGE EINEN.

BITTE SAG MIR, DASS WIR NICHT MIT DIESEM OCHSEN VON EINEM FALLENSTELLER ZUSAMMEN LOS-ZIEHEN.
ICH GLAUBE, WIR HABEN KEINE WAHL, FRET.
KELLINDIL, WAS HÄLTST DU VON DIESEN SPUREN?
ZWEI IDENTISCHE SPUREN, DIE EINE EINEN TAG ÄLTER ALS DIE ANDERE. DIE ERSTE IST TIEFER ALS DIE ZWEITE -- ZU TIEF FÜR DIE LEICHTEN SCHRITTE EINES ELFEN.
MIR IST AUCH ETWAS MERK-WÜRDIGES AUFGEFALLEN, DER DECKENBALKEN IM HAUS, DER, DER DEM BAUERN DAS GENICK GEBROCHEN HAT, WURDE FAST ENTZWEIGE-BROCHEN.
KEIN ELF ODER PANTHER KÖNNTE DAS, SO STARK IST NUR EIN RIESE.
VIELLEICHT HATTE DER DROW NOCH WEITERE HELFER, IRGEND-EINEN LAKAIEN AUS DEN NEUN HÖLLEN.
WARUM SEHEN WIR DANN KEINE SPUREN EINES SOLCHEN MONSTERS?
DAS PASST ALLES NICHT ZUSAMMEN. WAS GLAUBST DU, TAUBE?
I-ICH WEISS NICHT.
WIR WERDEN ES HERAUSFINDEN.

Der Kampf mit den Barghest hatte Drizzt mitgenommen, seine Rippen **schmerzten**, und sein rechter Knöchel schien in Flammen zu stehen, doch er wusste, er hatte **wenig Zeit**.
Die Menschenfrau und ihre Gefährten glaubten, er habe die Disteldaunes **getötet**, und sie würden ihn jagen.
Der Gedanke entsetzte Drizzt und machte ihn ganz **krank**.
Er hatte kurz darüber **nachgedacht**, sich zu zeigen; zu erklären, was **wirklich** geschehen war und wie er die Bauern gerächt hatte. Aber er wusste, es hätte **nicht funktioniert**.
Die Abenteurer hätten Drizzts **ebenholzschwarze Haut** gesehen und sofort angegriffen.
Selbst wenn sie sich beherrscht hätten, hätten McGristle und sein Hund den Kampf **eröffnet** und Drizzt gezwungen, sich zu wehren.
Wenn er kämpfte, würde das in ihren Augen nur seine **Schuld** beweisen.
Drizzt hatte gehofft, die Maldobarer würden ihn als den akzeptieren können, der er war, nicht als **Drow**.
Doch das war jetzt **nicht mehr** möglich – vielleicht war es das auch nie gewesen.
Maldobar würde **nie** seine Heimat sein.

WAS IST DAS?
EIN GESTALT-WANDLER, EIN **BARGHEST**, WENN ICH MICH NICHT IRRE.
ES SIND ÜBLE KREATUREN VON EINER ANDEREN EBENE, DIE IHRE WELPEN AUF ANDERE WELTEN SCHICKEN, UM ZU **FRESSEN** UND ERWACHSEN ZU WERDEN.
DIE WUNDEN IN SEINEM RÜCKEN SEHEN AUS WIE VON KLAUEN GERISSEN.
PANTHER-KLAUEN.
OBEN DREI WEITERE, ZWEI GOBLINS UND EIN ROTER RIESE. ALLE MIT EINER **DROW-KLINGE** GETÖTET.
WIE DER SÄBEL, DEN GABRIEL IM BAUERNHAUS FAND? WIE DAS?
ALS DER ÄLTESTE SOHN DER DISTELDAUNES ERSTMALS VON DEM DROW ERZÄHLTE, SAGTE ER, DIE BESTIE TRAGE **ZWEI** SCHWERTER.
ALS ICH IHN DANN SAH, HATTE ER NUR EINEN -- DEN, MIT DEM ER MIR DAS OHR ABSCHLUG.
ABER WARUM SOLLTE DER DUNKELELF DIE BARGHEST TÖTEN?
ICH HAB'S!
VERSTEHST DU DENN NICHT? IRGENDWIE KAMEN DIE BARGHEST AN EINEN DER KRUMMSÄBEL UND **ERMORDETEN** DANN IN GESTALT DES DROW DIE BAUERN!
SO ERGIBT ALLES SINN: DER ANGEBROCHENE DECKENBALKEN, DIE BEIDEN SPUREN, VON DENEN EINE TIEFER IST ALS DIE ANDERE --
NEIN!
DER DUNKELELF HAT DEN DISTELDAUNE-CLAN GETÖTET!

A-ABER --
NENNST DU MICH EINEN LÜGNER, ZWERG?!
EIN STIEFEL-ABDRUCK! ER IST HIER ENTLANG-GEGANGEN!
NUN DENN, WAS STEHEN WIR HIER NOCH HERUM? GEHEN WIR!
Die Entdeckung der Barghest war nicht dazu angetan, Taubes Sorge zu zerstreuen.
Hatte der Drow mit den Riesen zusammengearbeitet, eine Verbindung, die sich rasch trübte?
Oder hatte der Dunkelelf die Barghest aufgesucht, um das Gemetzel auf dem Gehöft zu rächen?
Taube vermutete letzteres, aber warum? Hatte der Barghest Angriff auf die Disteldaunes die Bauern Maldobars in Alarmbereitschaft versetzt und damit einen Drow-Überfall verhindert?
Wenn ja, warum war er nicht unter die Erde zurückgekehrt?
Taube hatte viele Fragen, aber nur wenige Antworten. Sie hoffte, das würde sich bald ändern

Im Laufe der nächsten Tage war Drizzt ständig auf der Flucht und entfernte sich immer weiter von Maldobar.
Er tat alles, um seine Spur zu verwischen: Er überquerte Bäche.
Er ging Wege rückwärts.
Schwang sich von Baum zu Baum.
Es half nichts.
Die Gruppe, die ihm folgte, war erfahren und hatte gute Spurenleser.
Sie ließ sich nicht so leicht täuschen.

Für Taubes Gruppe war es ein anstrengender und **frustrierender Marsch**, was die Tatsache, dass sie nicht wusste, was genau sie jagte, noch verstärkte.
Sie alle hatten natürlich von Dunkelelfen **gehört**, aber außer McGristle hatte keiner von ihnen je einen **gesehen**.
Ja, die letzte Sichtung von Drow an der Oberfläche lag **zehn Jahre** zurück. Damals hatte eine Gruppe von ihnen eine Elfensiedlung **verwüstet**.
Obschon Roddy **Geschichten** über die Fähigkeiten der Drow erzählte, hatte Taube in ihrem Leben genügend Lügner kennengelernt, um zu vermuten, dass seine Berichte zumindest **übertrieben** waren.
Dennoch zogen sie weiter. Was blieb ihnen auch anderes übrig?
ACH **MIST**! DIESEN DRECK WERDE ICH NIE WIEDER HERAUSKRIEGEN.
IHR SEID SAUBER GENUG. DER SAUBERSTE ZWERG, DEN ICH JE GESEHEN HABE. IHR HABT NOCH KEINEN TAG IN EINER MINE GEARBEITET, WIE? ZU SCHWACH?
KAUM. FÜR DIE AKTEN: IHR SEID DER SCHMUTZIGSTE MENSCH, DEN ICH JE GESEHEN HABE, UND DAS WILL EINIGES HEISSEN.

HAHA! DER KLEINE HAT HUMOR!
PSST!
WIR WERDEN BEOBACHTET.
DIE BÄUME.
TWANG
DAS WAR... EIN PANTHER?
EIN SCHWARZER PANTHER.

GANZ RUHIG, MEINE GUTE.
JETZT KENNEN WIR ALSO IHRE **ABSICHTEN**.
WIR WERDEN **SEHEN**.
WIE **WEIT** WERDEN SIE MICH VERFOLGEN?

US-Forgotten Realms – Covermotiv Sojourn #2

US-Forgotten Realms – Variant-Covermotiv Sojourn #2

Sie musste zugeben, der Drow war gut.
Taube Falkenhand, eine ruhmreiche Waldläuferin und Abenteurerin, hatte jedes nur vorstellbare Monster gejagt, doch nur wenige hatten ihr und ihren Gefährten solche Probleme bereitet wie dieser Dunkelelf und seine Schmusekatze.
Er bewegte sich unabhängig vom Gelände schnell, änderte oft die Richtung und glich seine mangelnde Kenntnis des Waldes mit Beweglichkeit und Intelligenz aus.
Doch auch er machte Fehler. Wenige war, doch Immer wieder einmal fanden sie einen Fußabdruck oder eine andere Spur – gerade häufig genug, um ihm auf den Fersen bleiben zu können.
Taube hatte ihre Zweifel an dieser Expedition, sie war immer noch nicht überzeugt, dass der Drow die Familie Disteldaune aus Maldobar massakriert hatte ...
... und sie misstraute Roddy McGristle. Taube kannte solche Männer – zu oft war sie Söldnern wie ihm begegnet, die das Geld mehr interessierte als die Wahrheit.
Doch sie zweifelte nicht daran, dass sie den Dunkelelfen erwischen würden. Er war ein Geschöpf des Unterreichs, das die Gefahren der Oberfläche nicht kannte, und irgendwann würde er einen größeren Fehler machen.
Es war nur eine Frage der Zeit.

Drizzt wusste, er spielte ein gefährliches Spiel. Er hätte fliehen, hätte eine größere Distanz zwischen sich und seine Verfolger legen sollen. Doch er konnte es nicht.
Drizzt hatte nichts getan, was diese Hetzjagd rechtfertigte; er hatte sogar die dämonischen Barghest getötet, die die Bauernfamilie ermordet hatten – hatte sie gerächt.
Das wollte er diesen Jägern sagen, wollte in ihr Lager gehen und alles erklären, doch die Furcht hielt ihn zurück
Seine früheren Begegnungen mit Oberflächenbewohnern waren nicht gut verlaufen.
SO TREFFEN WIR UNS ENDLICH, MEIN FINSTERER VETTER.
Noch ein Elf?
Einen Augenblick lang machte es Drizzt glücklich, entdeckt worden zu sein.
Er glaubte zu wissen, was jetzt geschehen würde: Er würde von seinen Qualen sprechen, seinen Sünden, seinem Hass auf sein eigenes finsteres Volk, und der Elf würde ihn akzeptieren, ihm vergeben.
Dann würde Drizzt Do'Urden endlich Frieden finden.
ICH HEISSE --
Er hatte sich geirrt.
IST MIR EGAL, WIE DU DICH NENNST!

DU BIST DROW, MEHR MUSS ICH NICHT WISSEN!
SO KOMM, ÜBLES GESCHÖPF, LASS UNS HERAUSFINDEN, WER STÄRKER IST!
ICH WILL NICHT MIT DIR KÄMPFEN.
STIRB!
AGH! NEIN!
VERDAMMT SEIEST DU MIT DEINEN FINSTREN ZAUBERN, DUNKELELF!
Doch Drizzt war mit seiner heraufbeschworenen Kugel der Dunkelheit verschwunden und hatte Kellindil zurückgelassen ...
... in dem Zweifel wuchsen.
ER HÄTTE MICH TÖTEN KÖNNEN. WARUM HAT ER ES NICHT GETAN?

DER DROW KANN NICHT WEIT SEIN, UND BEI TAG IST ER NICHT MEHR IM VORTEIL.
-›GÄHN!‹-
WIR WERDEN ALLE VOR MÜDIGKEIT TOT UMFALLEN, EHE WIR DIESEN TEUFLISCHEN DUNKELELFEN GEFUNDEN HABEN.
WENN DU NICHT SCHRITT HALTEN KANNST, FRET, DANN FALL UM UND STIRB!
DIESMAL LASSEN WIR DEN STINKENDEN DROW NICHT ENTKOMMEN!
A PROPOS SCHLECHTE GERÜCHE --
KOOM
AEII!
KOOM
KOOM
KOOM
IN DECKUNG!
WAS IST DAS, GABRIEL? EINE LAWINE?
SCHLIMMER.

STEINRIESEN!
Zuerst waren die Monster Drizzt als willkommene Ablenkung sehr recht gewesen. Sie würden es ihm erlauben, ein für alle Mal zu entkommen.
Aber er erkannte schnell, wie es wirklich stand.
Die Riesen hatten seine Verfolger eingekesselt und würden sie irgendwann töten.
KOOM
KOOM
Das konnte Drizzt nicht zulassen. Auch wenn sie ihn hatten verletzen wollen, diese Leute verdienten es nicht zu sterben.
KOMM, GUENHWYVAR, WIR WERDEN GEBRAUCHT.

WHOOM
ZIEL AUF DIE BEINE!
RRRGH!
SCHLUNK
THABOOM
WAS TUN WIR GEGEN DIE WERFER?
ICH... ICH WEISS ES NICHT!

KRAK
SPAR DIR DIE PFEILE, ELF! DER GEHÖRT MIR!
RWARRRR!
AAGH!
UH?

SCHLIKT
GABRIEL, HÖRST DU MICH?!
TAUBE!
SCHAU!
NICHT JETZT, FRET!
ABER ES IST DER DROW!
ER ... ER HILFT UNS!
Drizzt hatte getan, was er konnte; die Jäger würden **überleben**.
Aber er wusste, es wäre nicht gut, zu bleiben und auf ihren **Dank** zu warten – der würde wahrscheinlich die Gestalt einer Schwertspitze haben.

DIE RIESEN SIND TOT UND DER DROW IST WEG, ABER WENN WIR UNS BEEILEN, WERDEN WIR IHN SCHNELL EINHOLEN.
WIR WERDEN DEN DUNKELELFEN NICHT MEHR VERFOLGEN. ER IST NIE UNSER FEIND GEWESEN.
WAS?!
GABRIEL BRAUCHT RUHE, UND KELLINDILS PFEILE SIND, EBENSO WIE UNSERE VORRÄTE, FAST AUFGEBRAUCHT.
SO LEICHT WERDE ICH DIE DISTELDAUNES NICHT VERGESSEN!
DIE DISTELDAUNES SIND BEREITS GERÄCHT, UND DAS WEISST DU, McGRISTLE.
DER DUNKELELF HAT SIE NICHT GETÖTET, ZWEIFELLOS ABER IHRE MÖRDER.
DIE MALDOBARER WÄREN NICHT SO BEGIERIG DARAUF, DEN DROW FESTGENOMMEN ZU SEHEN, WENN SIE DIE WAHRHEIT ÜBER DAS MASSAKER KENNEN WÜRDEN.
UND AUCH NICHT SO ZAHLUNGSWILLIG, SCHÄTZE ICH.
FEIGLINGE!
FEIGLINGE!
IHR SEID ALLE NUR FEIGLINGE!

Drizzt floh immer höher ins Gebirge.
Er reiste Tag und Nacht und wagte nicht anzuhalten.
Erst als Drizzt schließlich erschöpft und ausgelaugt zurückblickte, erkannte er ...
... dass ihn niemand mehr verfolgte.
Die Jäger hatten aufgegeben, aber Drizzt war nicht in Sicherheit, und er wusste es.
Denn ein tückischerer Feind war auf den Plan getreten, der an seinen Kräften zehrte und seinen Geist umnebelte.
Kälte.

Drizzt kannte keine Jahreszeiten. In den gewundenen Tunneln des Unterreichs war es immer warm und trocken.
Der rasche Wintereinbruch verwirrte ihn, und er suchte ver zweifelt nach Nahrung und Schutz.
Dies führte ihn zu einem Gebirgspass.
Der Fluss war voller Fische.
Seine Felsen würden Schutz vor den immer beißender werdenden Winden bieten.
Hier konnte Drizzt die Kälte aussitzen. Schließlich, so dachte er, konnte sie so lange ja nicht dauern.

VER-DAMMT!
D... DU HAST ANDERE FEUER MACHEN SEHEN, DU KANNST ES!
KOMM SCHON...
BITTE...
HAHA! JA!
Kellindil atmete erleichtert auf, als er die Flammen sah.
Als Taube, Fret und Gabriel nach Sundabar zurückgekehrt waren, war der Elfenbogenschütze geblieben; er war Drizzt in einiger Entfernung gefolgt.
Er wusste nicht, was er von diesem seltsamen Drow halten sollte, der ihm Gnade hatte zu Teil werden lassen und seine Freunde gerettet hatte, doch er fand, der Dunkelelf verdiene etwas Besseres, als zu erfrieren.
Jetzt würde Drizzt überleben, und nun würde Kellindil ihn beobachten ...

... aber nicht nur er.
Tage vergingen, dann Wochen, und es war kein Ende der Kälte in Sicht.
Drizzt lebte, so gut er konnte.
Er hoffte verzweifelt, das Wetter werde nicht noch schlechter werden.
WAS ...?
Dann kam der Schnee.

WHOO
WHOO
GEDULD, AUGE! LASS EINEM BLINDEN ETWAS ZEIT!
HAST DU DEN ELFEN GESEHEN?
WHOO
WHOO
WHOO
BIST DU SICHER, DASS ER KEINEN KONTAKT MIT DEN ORKS AUFGENOMMEN HAT?
WHOO
EIN GUTES ZEICHEN.
WENN DIESER DROW GRAULS VERBÜNDETER IST, KÖNNTE DAS ÄRGER BEDEUTEN. ABER WENN NICHT, NUN, DANN WIRD ES INTERESSANT.
JEDENFALLS WERDEN WIR IM FRÜHLING DEN DUNKEL-ELFEN BESUCHEN MÜSSEN.
DAS HEISST, WENN ER ÜBERLEBT.

Als es nicht aufhörte zu schneien und der Schnee sich immer **höher** türmte, wurde Drizzt klar, dass er weiterziehen musste.
Weg vom Fluss, um einen **besseren Unterschlupf** finden.
Einen trockenen Ort, der Schutz vor den Elementen bot.
Eine Höhle.
KOMM, HIER WERDEN WIR SICHER SEIN.
WIR --

RRRRRRR
GRRHN
NICHT, GUENHWYVAR!
Drizzt hatte in den Hügeln um Maldobar bereits Bären gesehen, war aber noch nie einem so nahe gewesen.
Jetzt, da er dem Tier in die Augen sah, spürte er etwas, das er nicht erklären konnte ...
... ein seltsames Begreifen des Standpunkts der Kreatur.
Empathisch schien er plötzlich mit dem Bären verbunden, fast, als sähe er die Situation durch die Augen des Tiers.
SNIFF
SNIFF
Und dann wusste er, was er tun musste.
CHOMP
Drizzt hatte ein Winterquartier gefunden.

In der kalten Jahreszeit erwies sich Guenhwyvar als Drizzts Rettung.
Wenn die Pantherin auf der Materiellen Ebene unterwegs war, beschaffte sie ständig Nahrung.
Sie sammelte Feuerholz.
Drizzt hingegen saß allein, frierend und betrübt da.
Er fragte sich, was ihn wohl am Ende töten würde, die Kälte ...
... oder sein schlummernder Mitbewohner?

Die Tage wurden kürzer, der Schnee fiel dichter und säuselte sanft durch die kalten Winternächte.
Nur, um irgendwann von **eisiger Stille** abgelöst zu werden.
So vergingen **Monate.**
Dann **endete** der Winter so plötzlich wie er begonnen hatte.
Die Tage wurden wieder länger, das Eis begann zu schmelzen ...
... und der Schnee **verschwand** und machte **grünen** Flecken Platz.
GRRAAHN
Es war **Frühling.**

Die Tatsache, dass Drizzt den Winter überlebt hatte, blieb nicht lange unbemerkt.
Es machte Graul Angst.
Seine Lakaien hatten den Drow entdeckt, kurz nachdem er das Gebirge betreten hatte, doch der Ork-Häuptling hatte ihnen befohlen, ihm nicht zu nahe zu kommen. Er hatte gehofft, der Schnee werde den Eindringling vertreiben.
Das war nicht geschehen, und jetzt musste er eine Entscheidung fällen.
Wenn der Dunkelelf ein Späher war, würde er vielleicht weitere Angehörige seiner gefährlichen Sippe ins Ork-Territorium führen.
Doch wenn er allein war, ein Abtrünniger, war das vielleicht noch schlimmer. Drow waren wohlbekannt für ihre Doppelzüngigkeit und Schläue; er mochte vielleicht versuchen, Anführer des Stammes zu werden – und Graul dabei zu töten.
KRUNCH
Der große Ork war seit vielen Jahren Häuptling. Eine außergewöhnlich lange Amtszeit, und er hatte überlebt, indem er keine Risiken einging.
Graul würde auch jetzt nichts riskieren.
GEH! TÖTSE DEN ELF!

Es war Drizzts erster Frühling, und er stellte fest, dass er ihn ungeheuer genoss.
Zu sehen, wie rings um ihn neues Leben wuchs, erfüllte den Drow mit einer bisher ungekannten, tief empfundenen Freude.
Sie hielt nicht lange vor.
THUNK
Drizzt verfluchte sich selbst. Er hätte die Orks bemerken müssen, aber er war zu sehr in Gedanken versunken gewesen.
Nun würde er kämpfen müssen.

SHK
RWARRR!
HN
WHUD

SNAP
SNAP
SNAP
GUENHWYVAR!
WHAM!
HEHEHE ...
WHOOOO
WHOOOO
TÖTSE ELF!
EUAGH!
TOK
WHOMPH!

WER BIST DU?
DRIZZT DO'URDEN.
IST DAS AUCH EIN NAME?
JA.
HRMPF
NUN, WAS ES AUCH IMMER IST, WER AUCH IMMER DU SEIN MAGST UND WARUM AUCH IMMER DU HIER SEIN MAGST, IST EHER UNWICHTIG.
DU BIST MEIN **GEFANGENER**.
RRRRRRR
ICH GLAUBE KAUM.
EINE FREUNDIN VON DIR?
GUENHWYVAR.
GROSSE KATZE?
OH JA.

UND EINE GUTE.
BRAVES KÄTZCHEN...
W-WIE HAST DU --?
SAGEN WIR, ICH KENNE MICH MIT TIEREN AUS. DAS TUN WIR BEIDE, NACH ALLEM, WAS ICH HÖRE.
BRUMMER, DER BÄR, WÜRDE NICHT JEDEN DEN WINTER IN SEINER HÖHLE VERBRINGEN LASSEN.
Montolio musterte Drizzt eingehend, während der verwirrte Drow hektisch nach Worten suchte.
Nach den Maßstäben seines Volkes war er jung, und doch konnte man an seiner Stimme und seinem Auftreten erkennen, dass er mehr durchgemacht hatte, als seinen Jahren angemessen war.
Es war wohlbekannt, dass Dunkelelfen zu den bösesten Kreaturen der ganzen Welt gehörten, doch dieser schien anders. Irgendwie vertraut.
Der Alte war fasziniert.
ICH BIN MONTOLIO DEBROUCHEE, UND DU KOMMST MIT MIR.
NEIN.
DOCH, WENN DIR DEIN LEBEN LIEB IST.
DU HAST HEUTE EIN PAAR LAKAIEN GRAULS GETÖTET, EINE TAT, DIE DER ORK-KÖNIG BESTRAFT SEHEN WOLLEN WIRD.
LASS MICH DIR EIN ZIMMER IN MEINEM SCHLOSS ANBIETEN. DAVON HALTEN DIE ORKS SICH FERN. SIE GLAUBEN, ICH SEI WEGEN MEINER AUGEN SCHLECHTE MAGIE.
D-DU BIST BLIND!
GUT ERKANNT. KOMMST DU?
NEIN.
DU TÄTEST BESSER DARAN, MONTOLIO DEBROUCHEE, DICH VON MIR FERN ZU HALTEN. ICH BRINGE PROBLEME.

PROBLEME? HAH!
ICH HABE IN EINEM DUTZEND KRIEGEN GEKÄMPFT, SASS EINEN GANZEN WINTER MIT EINEM GEBROCHENEM BEIN AN EINER BERGFLANKE FEST UND HABE MICH MIT JEDEM TIER IN FÜNFTAUSEND SCHRITTEN UMKREIS ANGEFREUNDET.
HAB KEINE ANGST UM MICH.
KOMM, MEIN HEIM IST BESSER ALS EINE HÖHLE, UND DU WIRST MEHR ZU ESSEN HABEN ALS HALBROHEN FISCH.
NEIN.
DANN BLEIB HIER, ABER DU WIRST ALLEIN SEIN.
KOMM, GUENHWYVAR.
Drizzt hatte keine Ahnung, was er von Montolio halten sollte, und ein Teil seiner Selbst fragte sich, ob der Alte noch ganz richtig im Kopf war.
Doch Guenhwyvar vertraute ihm, und die große Katze hatte Drizzt noch nie in die Irre geführt.
Ganz zu schweigen davon, dass die Vorstellung, sich allein einer Ork-Armee zu stellen, alles andere als verlockend war.
So traf Drizzt eine Entscheidung.

ICH HABE VIELE ZIMMER, VIELE DECKEN UND VIEL ZU ESSEN!
ES WIRD DIR HIER GUT GEHEN, DRIZZT DO'URDEN!
Der Drow beklagte sich nicht darüber, dass Montolios „Schloss" aus Holz und Erde bestand.
Drizzt hatte Jahrzehnte in Menzoberranzan zugebracht, einer Stadt voller wundersamer Paläste und magisch geformten Steins, doch nichts dort war ihm so einladend erschienen wie dies.
Dennoch nagten Zweifel an dem Elfen. Früher war immer dann, wenn er einen Ort gefunden hatte, an dem er sich sicher fühlte – ein Zuhause – etwas gekommen und hatte alles zerstört oder Drizzt verjagt.
Drizzt versuchte sich einzureden, das werde hier nicht passieren, dass er so sicher sei, wie Montolio behauptete.
Fast wäre es ihm gelungen ...

Tage später, in weiter Ferne ...
WAS? WANN?!
VOR EINER WOCHE, VETTER KELLINDIL. DER DROW BEWEGT SICH JETZT FREI IN MONTOLIOS HAIN, UND SEINE PANTHERIN IST AN SEINER SEITE.
WAS IST MIT DEM WALD-LÄUFER?
ER IST UNVERLETZT, ES SCHEINT, ALS HABE ER DEN DUNKELELFEN AUFGENOMMEN.
ERSTAUNLICH.
WIR KÖNNTEN ÜBER DEN HAIN WACHEN, WENN DU UM DIE SICHERHEIT DES ALTEN FÜRCH-TEST.
NEIN.
DER DROW HAT EINMAL MEHR BEWIESEN, DASS ER KEIN FEIND IST.
SEIT ICH IHN BEI MALDOBAR TRAF, HABE ICH VERMUTET, DASS ER NICHTS BÖSES IM SCHILDE FÜHRT. JETZT BIN ICH SICHER.
ZIEHEN WIR WEITER UND ÜBER-LASSEN WIR DEN DROW UND DEN WALD-LÄUFER SICH SELBST.
D-D-D-D-DROW!

ZZZZZZZZZZZZZ
Tephanis erinnerte sich nur zu gut an Drizzt.
Der Dunkelelf hatte ihn in die Schlucht geworfen ...
... und nur durch reines Glück hatte der Feengeist den Sturz überlebt.
Doch als Tephanis zurückgekehrt war, hatte er seinen Herrn – seinen Beschützer – tot aufgefunden.
Der Feengeist war an jenem lange vergangenen Tag so schnell wie möglich geflohen und hatte gehofft, Drizzt nie wieder zu sehen.

Doch irgendwann hatte Cephanis einen neuen, mächtigen Verbündeten gefunden.
Caroak, den großen Winterwolf.
DER-DROW-IST-BEI-DEM-WALDLÄUFER.
ICH-SAGE-HÜTE-DICH-VOR-IHM! ER-TÖTETE-MEINEN-FRÜHEREN-HERRN. TOT!
Caroak starrte von seinem Ausguck auf dem Berg hinab auf den Hain, und seine Augen verengten sich nachdenklich.
Er kannte diesen Ort gut und wusste genau, dass er sich davon fernhalten musste. Montolio DeBrouchee war mit Kreaturen aller Art befreundet, doch Winterwölfe waren eher Monster als Tiere und keine Freunde der Waldläufer.
Doch wenn dieser Dunkelelf so gefährlich war, wie Cephanis sagte, musste etwas geschehen ...

Bis der Frühling endgültig wieder ins Land gezogen war, verband Drizzt und Montolio eine enge Freundschaft.
Alle Zweifel, die der Drow gehegt hatte, waren längst verflogen.
Der Hain aus immergrünen Bäumen war in der Tat ein Schloss und Montolio der beste Gastgeber, den Drizzt je erlebt hatte.
Drizzt lernte in diesen ersten Wochen viel. Praktische Lektionen, die ihm für den Rest seines Lebens helfen würden.
Montolio erklärte ihm die Jahreszeiten und lehrte den Dunkelelfen sogar, wie man durch Tierbeobachtung das Wetter vorhersagt.
Die Tage vergingen, und Drizzt lernte immer schneller.
Montolio konzentrierte sich auf ihre Umwelt, die Tiere und ...
... die Pflanzen.

Er zeigte Drizzt, wie man Nahrung sammelt.
Wie man die Gefühle eines Tiers versteht, einfach indem man seine Bewegungen beobachtet.
All das lernte Drizzt so schnell, wie Montolio es erwartet hatte.
Er hätte es nie geglaubt, hätte er es nicht selbst erlebt, doch dieser ungewöhnliche Drow benahm sich wie ein Oberflächen-Elf.
WHOOOO
Vielleicht sogar ...
DAS HERZ EINES WALDLÄUFERS.

EINE WAFFEN-KAMMER?
ÜBER-BLEIBSEL EINER LANGEN KARRIERE DER GEWALT.
AH, DA IST ER.
AUGE SAGT, DU TRÄGST DIE HÜLLEN ZWEIER KRUMMSCHWERTER AM GÜRTEL, DOCH DIE EINE IST LEER.
DER GEHÖRT DIR, WENN DU IHN WILLST.
DANKE. ICH WERDE DIESE KLINGE GUT PFLEGEN UND SIE NUR BENUTZEN, WENN ICH MUSS.
OH, DU WIRST SIE JETZT BE-NUTZEN.
Zuerst hatte Drizzt Montolios Vorschlag eines Zweikampfs missfallen – es schien ihm unehrenhaft, gegen einen blinden Gegner zu kämpfen.
Doch der alte Waldläufer hatte darauf bestanden, und so gab Drizzt nach.
Schließlich gehörten die Übungskämpfe mit Zaknafein, seinem Vater, vor so langer Zeit, zu seinen

MIT DER FLACHEN SEITE?
WENN DIR DEIN LEBEN LIEB IST!
KLANG
Der Waldläufer war geschickt und schnell; er kämpfte blind so gut wie die meisten Männer mit hervorragendem Augenlicht.
Drizzt nahm sich vor, schnell einen Vorteil zu erlangen, um zu gewinnen.

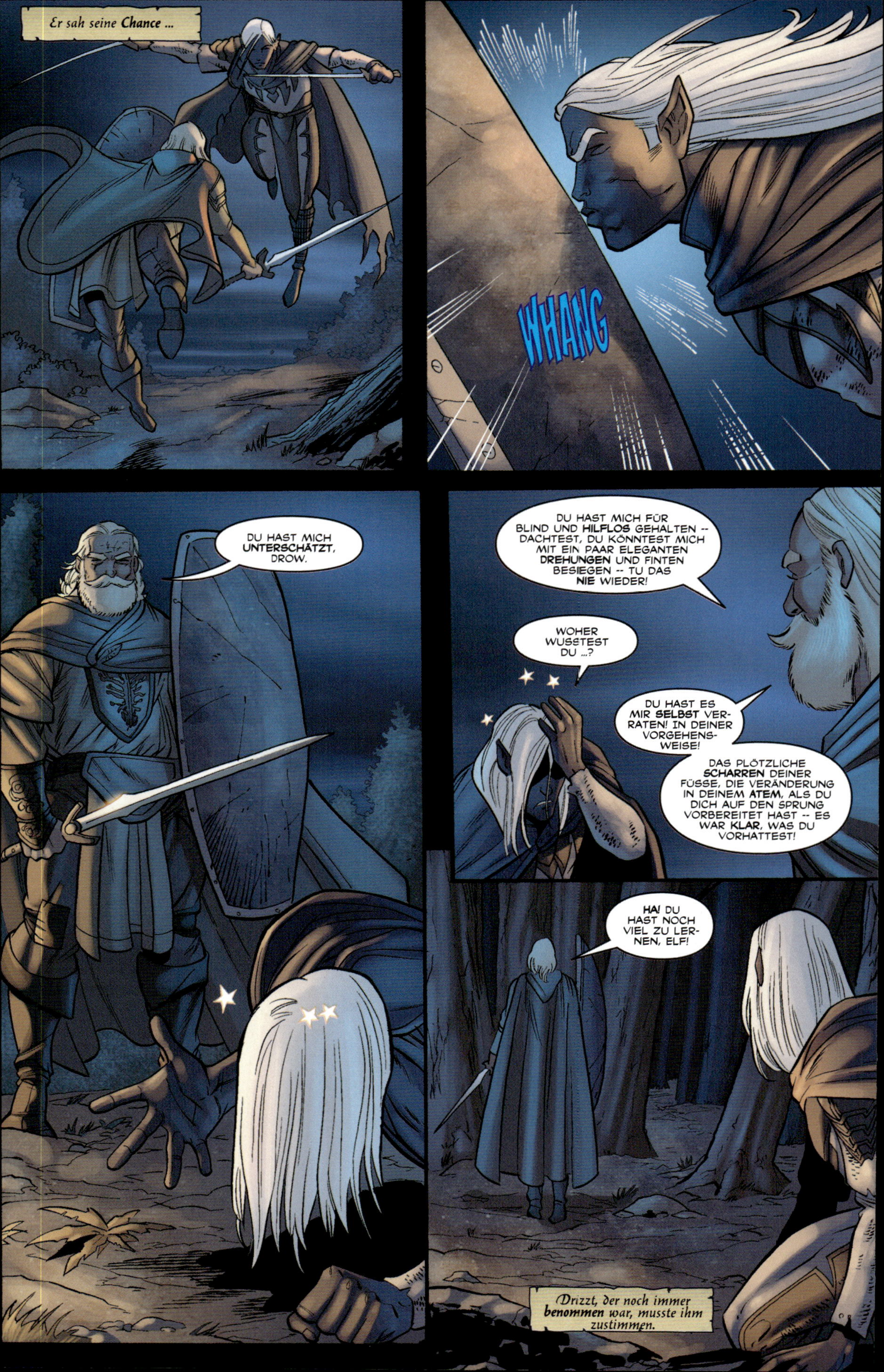

Er sah seine Chance ...
WHANG
DU HAST MICH UNTERSCHÄTZT, DROW.
DU HAST MICH FÜR BLIND UND HILFLOS GEHALTEN -- DACHTEST, DU KÖNNTEST MICH MIT EIN PAAR ELEGANTEN DREHUNGEN UND FINTEN BESIEGEN -- TU DAS NIE WIEDER!
WOHER WUSSTEST DU ...?
DU HAST ES MIR SELBST VERRATEN! IN DEINER VORGEHENSWEISE!
DAS PLÖTZLICHE SCHARREN DEINER FÜSSE, DIE VERÄNDERUNG IN DEINEM ATEM, ALS DU DICH AUF DEN SPRUNG VORBEREITET HAST -- ES WAR KLAR, WAS DU VORHATTEST!
HA! DU HAST NOCH VIEL ZU LERNEN, ELF!
Drizzt, der noch immer benommen war, musste ihm zustimmen.

Im Hain wich der Frühling dem **Sommer**, und die Freundschaft zwischen Drizzt und Montolio wuchs immer weiter.
In dem jungen Elfen keimte die Hoffnung, er habe einen **Freund** gefunden, der ihm so nahe stand wie Belwar oder gar Zaknafein.
Bis ein **ungebetener Gast** auftauchte...
DROW, MONTOLIO! HAST DU IHN GESEHEN?!
ICH **SEHE** NICHT GERADE VIEL, McGRISTLE.
DU WEISST, WAS ICH MEIN'! DU HAST AUGEN UND OHREN ÜBERALL IM GEBIRGE, ALSO STELL DICH NICHT DUMM!
AUF DEN KOPF DES DUNKELELFEN SIND **ZWEITAUSEND** GOLDSTÜCKE AUSGESETZT -- **FÜNFHUNDERT** DAVON SIND FÜR DICH, WENN DU MIR HILFST, IHN ZU FINDEN!
ZWEITAUSEND? WAS HAT ER GETAN, DAS EINE SO HOHE BELOHNUNG RECHTFERTIGT?
DIE **DISTELDAUNES** GETÖTET!
ABGESCHLACHTET, UND DANN HAT SIE SEINE PANTHERIN **GEFRESSEN**. ICH WILL IHN DER **GERECHTIGKEIT** ÜBERANTWORTEN.
ALSO, HAST DU IHN GESEHEN?
JA.

ICH HÖRTE, DER DUNKELELF SEI BEI EINBRUCH DES WINTERS ZU MORUEMES HÖHLE AUFGEBROCHEN. KENNST DU SIE?
HUNDERTFÜNFZIG MEILEN DURCH DIE NIEDERUNGEN. EIN GANZ SCHÖNES STÜCK.
ERSCHEINT MIR ZIEMLICH VIEL MÜHE FÜR ZWEITAUSEND GOLDSTÜCKE.
DER DROW HAT MEINEN HUND GETÖTET, MICH EIN OHR GEKOSTET UND MIR DIESE NARBE VERPASST. ICH WERDE IHN FINDEN.
EGAL, WIE LANGE ES DAUERT ODER WIE WEIT ES IST!
ICH FINDE IHN!
ER IST WEG.
MONTOLIO, ICH HABE DIESE FAMILIE NICHT --
SPAR DIR DEN ATEM, DRIZZT.
ALS ICH ZUM ERSTEN MAL HÖRTE, DASS DU IN DIESEN HÜGELN WARST, HABE ICH MICH BEI ANDEREN MEINES ORDENS ERKUNDIGT. VOR ALLEM BEI EINER WALDLÄUFERIN NAMENS TAUBE FALKENHAND.
IHR ZUFOLGE HAST DU NICHT NUR DIE DISTELDAUNES NICHT GETÖTET, DU HAST AUCH TAUBE UND IHRE GEFÄHRTEN VOR EINEM ANGRIFF VON STEINRIESEN GERETTET.
DU WUSSTEST DAS DIE GANZE ZEIT?
NATÜRLICH. DOCH SELBST WENN NICHT, HÄTTE ICH EINEM GEBORENEN LÜGNER WIE RODDY McGRISTLE NICHT GEGLAUBT.
ER IST GEFÄHRLICH, ABER ZUM GLÜCK NICHT DER HELLSTE.

Für Drizzt verschwammen die Grenzen zwischen den Tagen, denn einer war so friedlich, ertragreich und glücklich wie der andere.
Montolio zeigte ihm die Wunder der Natur und erteilte dem Drow noch andere, wichtigere Lektionen.
ICH HABE MEIN LEBEN SCHON IN JUNGEN JAHREN DEM WALD GEWIDMET.
ICH HABE GESCHWOREN, DIE VOLLKOMMENHEIT DER NATUR ZU SCHÜTZEN, DIE HARMONIE DER ZYKLEN, DIE SO GEWALTIG UND WUNDERBAR SIND, DASS SIE SICH UNSEREM VERSTÄNDNIS ENTZIEHEN.
JAHRELANG ZOG ICH IMMER WIEDER AUF ABENTEUER AUS, REISTE, MANCHMAL MIT ANDEREN, MANCHMAL ALLEIN, UND KÄMPFTE FÜR DAS, WORAN ICH GLAUBTE.
„ICH VERNICHTETE ALLES UNNATÜRLICHE, MONSTER, DIE FEINDE DER NATÜRLICHEN ORDNUNG."
„DANN KAM DER DRACHE."

DIE KLERIKER HABEN MICH WIEDER GANZ GUT HINBEKOMMEN, ES BLIEB KAUM EINE NARBE ZURÜCK, DOCH MEINE AUGEN KONNTEN SIE NICHT HEILEN.
MEINE GEFÄHRTEN, AN DEREN SEITE ICH SO LANGE GEKÄMPFT HATTE, BEMITLEIDETEN MICH FÜR MEINE BLINDHEIT...
...UND DIESES MITLEID VERLETZTE MICH MEHR ALS JEDER DRACHEN-ODEM ODER ORK-SPEER.
ICH KAM HIER HER UM ZU STERBEN. ICH DACHTE, MIR BLIEBE SONST NICHTS AUF DER WELT.
DOCH STATTDESSEN FAND ICH NEUE ZIELE... DIESEN ORT VOR GRAUL ZU SCHÜTZEN UND DICH ZU LEHREN.
MIELIKKI, DIE HERRIN DES WALDES, HAT MIR EIN ZWEITES LEBEN GESCHENKT.
WER IST DEIN GOTT, DROW?
ICH HABE KEINEN, UND ICH WILL AUCH KEINEN.
MEIN VOLK GLAUBT AN LOLTH, DIE SPINNENKÖNIGIN, UND SIE IST -- WENN SCHON NICHT DIE URSACHE -- SO DOCH ZUMINDEST DIE LOGISCHE FOLGE IHRER BOSHEIT.
AN EINEN GOTT ZU GLAUBEN IST TÖRICHT. ICH WERDE STATTDESSEN MEINEM HERZEN FOLGEN.
DU HAST EINEN GOTT, DRIZZT DO'URDEN. DU KENNST NUR SEINEN NAMEN NICHT. ICH SCHON.
DU MASST DIR VIEL AN.
ICH BEOBACHTE VIEL. FÜHLST DU DEINE VERBUNDENHEIT MIT GUENHWYVAR?
MEHR ALS ALLES ANDERE!
GUENHWYVAR ABER IST DER INBEGRIFF DES PANTHERS, EINE REINE VERKÖRPERUNG MIELIKKIS.

DU SIEHST DIE GÖTTER ALS WESENHEITEN AUS-SERHALB DEINER SELBST, DOCH SIE SIND IN DIR.
DU SAGST, DU WILLST DEINEM HERZEN FOLGEN -- SO TUE DIES. DOCH WISSE, DASS IN IHM DER FUNKE MIELIKKIS LEBT.
WAS VERLANGT DIESE GOTTHEIT?
VERLANGEN? ICH BIN KEIN MISSIONAR, DER VERHALTENSREGELN AUFSTELLT.
DU KENNST MIELIKKIS GESETZE SO GUT WIE ICH. DU HAST SIE DEIN GANZES LEBEN LANG BEFOLGT, DU WUSSTEST ES NUR NICHT.
ICH BIETE DIR NUR EINEN NAMEN FÜR DIE KRAFT, DIE DICH GELEITET HAT.
OB DU ES ZUGIBST ODER NICHT, DU HAST DAS HERZ EINES WALDLÄUFERS, DRIZZT DO'URDEN. DAS HERZ MIELIKKIS.
Montolios Worte gingen dem Dunkelelfen durch und durch, berührten seine Seele.
Klangen nach Wahrheit.
ICH... ICH WILL MEHR ÜBER DEINE... UNSERE GÖTTIN ERFAH-REN.
UND ICH WILL ES DICH LEHREN.

Roddy war bereits halb in den Niederungen, als er begriff, dass der Waldläufer gelogen hatte.
Warum sollte der Drow schließlich an einen Ort fliehen, an dem es vor Drachen wimmelte? Das ergab keinen Sinn.
Warum log der Waldläufer? Um sich und den Drow, den er versteckt hielt, zu schützen, dessen war McGristle sicher.
Roddy war noch nie im herkömmlichen Sinne klug gewesen, er konnte weder lesen noch schreiben, aber wenn es um Verrat ging, war er vom Fach.
Dennoch wagte er es nicht, Montolios Hain alleine anzugreifen.
Doch er würde auch nicht allein sein.
WARUM HAST DUS GEKOMMEN?!

ICH HABE INFORMATIONEN FÜR GRAUL.
SPRICH! WENN DEINE WORTSE ES WERT SIND, WIRD GRAUL DICH LEBEN LASSEN!
IN EUREM REICH GIBT ES EINEN DROW, MÄCHTIGER KÖNIG!
JA! DROW TÖTETE GRAULS KÄMPFER, UND JETZT KÖNNSEN MEINSE SPÄHER IHN NICHT FINDEN!
ICH HABE IHN GEFUNDEN.
DER DROW IST BEI DEM WALDLÄUFER! SIE SCHMIEDEN PLÄNE GEGEN EUCH ALLE!
IHR MÜSST SIE ZERMALMEN, EHE SIE KOMMEN UND EUCH VERNICHTEN! DER WALDLÄUFER WIRD SEINE TIERE UND ELFEN... GANZ, GANZ VIELE ELFEN... UND AUCH ZWERGE GEGEN GRAUL FÜHREN!
Roddy lächelte, als er den Köder auswarf ...
... und der Orkhäuptling den saftigen Bissen schluckte, auch wenn er nicht so ganz wahr war.
DANN MÜSSENSE STERBSEN!
UND-WIR-WERDEN-HELFEN.

ES-LIEGT-IN-UNSEREM-INTERESSE-DIESE-FEINDE-VERNICHTET-ZU-SEHEN!
MEIN-MEISTER-WIRD-DIE-WORGS-GEGEN-DEN-BLINDEN-WALDLÄUFER-FÜHREN.
ER-WAR-ZU-LANGE-EIN-FEIND-CAROAKS!
DANN IST ES ENTSCHIEDEN.
ZU DEN WAFFEN!
ZU DEN WAFFEN!

WHOOOO

WHOOOO
WHOOOO
WHOOOO
WHOOOO
SO IST ES ALSO ENDLICH SO WEIT.

WOVON REDEST DU, MONTOLIO?
VOM KRIEG, DRIZZT DO'URDEN.

„VOM KRIEG."

US-Forgotten Realms – Covermotiv Sojourn #3

US-Forgotten Realms – Variant-Covermotiv Sojourn #3

Graul musste einfach grinsen.
Der Orkhäuptling hatte eine beeindruckende Streitmacht aufgestellt: hundert Krieger, ein paar Riesen, ein Dutzend Worgs ...
... den großen Winterwolf Caroak, dessen Eisodem selbst den mächtigsten Gegner fällen konnte; den Feengeist Tephanis ...
... und Roddy McGristle, der all das angestoßen hatte.
In dieser Nacht würde Graul sowohl den lästigen Montolio DeBrouchee als auch den gefährlichen Drizzt Do'Urden los werden.
In dieser Nacht würde er den Hain des blinden Waldläufers dem Erdboden gleichmachen.
In dieser Nacht würde er im Blut seiner Feinde baden.

KEINE ANGST, ELF! ICH ERWARTE DIESEN TAG SEIT FÜNF JAHREN. ICH HABE DEN KAMPF IM GEISTE HUNDERT MAL DURCHGE-SPIELT!
DER ALTE GRAUL WEISS NICHT, WORAUF ER SICH EINLÄSST!
Montolios Worte gaben Drizzt Kraft. Der Drow hatte viele Schlachten geschlagen und war schon früher in der Unterzahl gewesen, doch noch nie so sehr.
Ein Teil von ihm wollte fliehen ... überleben ..., doch Montolio war Drizzts Freund, und er würde den alten Waldläufer nicht allein sterben lassen.
Also begannen sie mit ihren Vorbereitungen.
Sie machten die Waffen scharf.
Sie stellten Fallen.
Sie riefen Verbündete.
Dann blieb ihnen nur noch übrig zu warten.

ANGRIFF!

SIE KOMMEN!
TWANG
AGH!
TOK
TWANG
TWANG
TWANG

Verborgen in einem leicht zu verteidigenden Baumgrüppchen hörte Montolio wie Drizzts Pfeile ihr Ziel fanden ...
... mit dem gutturalen Brüllen der Orks und dem Scheppern ihrer Rüstungen waren die Angreifer leicht zu treffen.
Selbst für einen Blinden.
TOK
WIR GEHSEN OSTWÄRTS!
WIR GREIFSEN IHRE FLANKE AN!
WIR –
RRRRRRR
SHUK

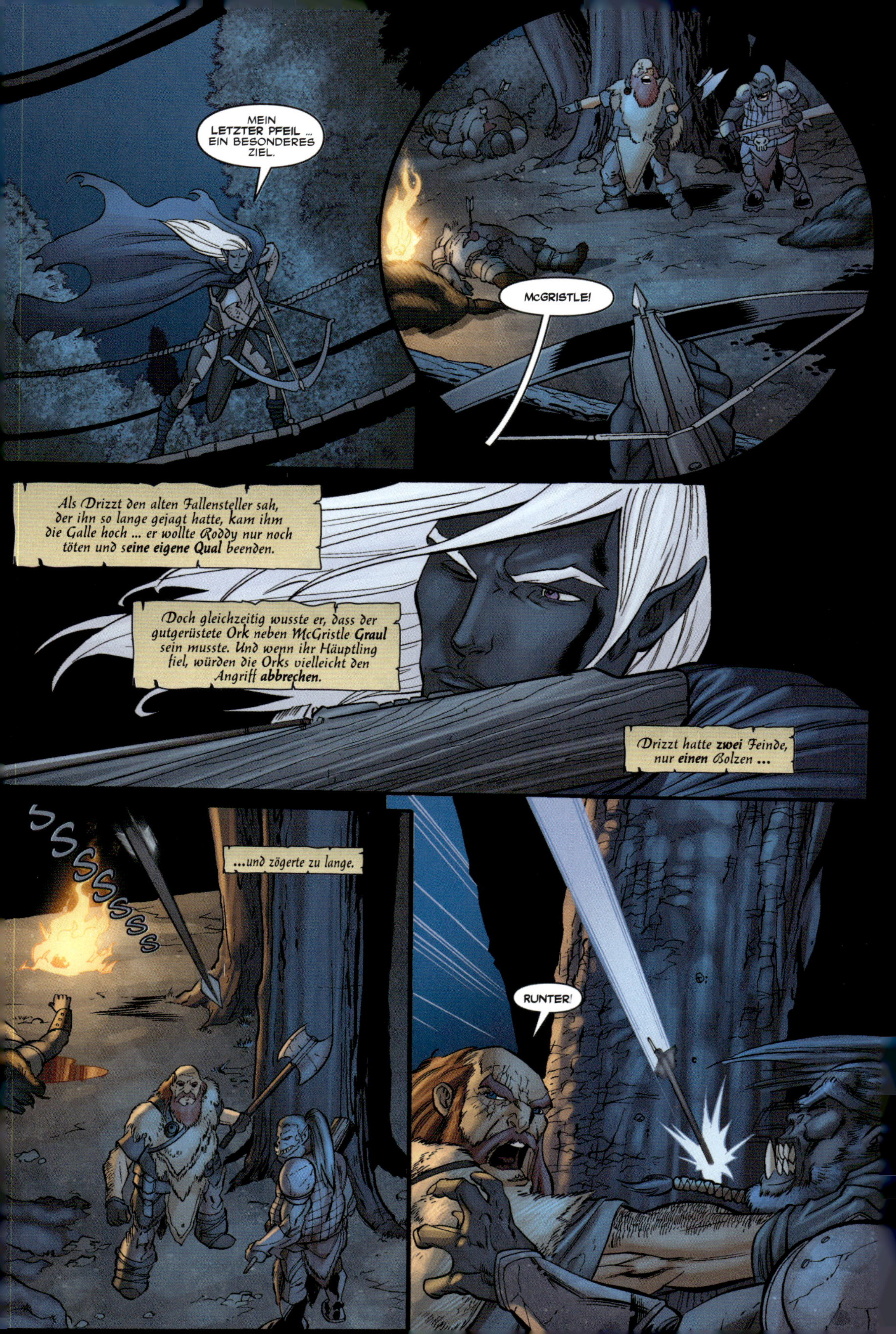
MEIN LETZTER PFEIL ... EIN BESONDERES ZIEL.
McGRISTLE!
Als Drizzt den alten Fallensteller sah, der ihn so lange gejagt hatte, kam ihm die Galle hoch ... er wollte Roddy nur noch töten und seine eigene Qual beenden.
Doch gleichzeitig wusste er, dass der gutgerüstete Ork neben McGristle Graul sein musste. Und wenn ihr Häuptling fiel, würden die Orks vielleicht den Angriff abbrechen.
Drizzt hatte zwei Feinde, nur einen Bolzen ...
SSSSSSSS
...und zögerte zu lange.
RUNTER!

Inzwischen näherte sich im Süden Caroak von **hinten** dem Hain.
Der monströse Wolf hatte den Geschosshagel gesehen und **wusste**, wo sich die Schützen **verbargen**.
Er und seine Worgs würden sich in der Finsternis **lautlos** an sie anschleichen und sie **zerfetzen**.
Es war schon fast **zu leicht**.
Dachte Caroak zumindest ...
THWAM!
RRRRRRWARRRR!
RRRRRRRRR

AIEE!
SPANG!
DIE FALLEN SIND ZUGESCHNAPPT, UND ICH HABE KEINE PFEILE MEHR, ELF!
ZEIT FÜR STAHL!

OOOOOOSH
RWARRRR!
KRAK!
YIPE!
YIPE!
YIPE!
NEIN! MEISTER-TOT!
NEIN-NEIN-NEIN-NEIN-NEIN!

Drizzt und Montolio streckten ihre Feinde mit brutaler Effizienz nieder.
Verwirrt und in Panik hatten die Orks keine Chance.
Sie konnten nur fliehen.
SCHLECHTE MAGIE!
SCHLECHTE MAGIE!
WILLST DU DEIN GANZES HEER VON ZWEI MANN BESIEGEN LASSEN?
WENN DU JETZT SELBST IN DIE SCHLACHT EINGREIFST, WERDEN SIE UMKEHREN UND WEITER KÄMPFEN.
Graul wußte, dass der Mensch Recht hatte. Wenn er sich an die Spitze seiner Truppen stellte, würden ihm seine Krieger folgen ...
... doch das wäre gefährlich, und der Ork-Häuptling hatte sein Leben noch nie gerne riskiert.
THUD!
DAS DEINE SCHULD! DUS HAST UNS VERDERBEN GEBRACHT!
RÜCKZUG!

ICH SAGTE DIR DOCH, GRAUL WEISS NICHT, WORAUF ER SICH EINLÄSST.
Stunden später ...
STINKENDE, FEIGE ORKS!
BRAUCHST-DU-HILFE?
WAS?!
DU BIST CAROAKS KREATUR.
TEPHANIS-JA. CAROAK-TOT, ICH-HELFE-DIR. FÜHRE-DICH-IN-SICHERHEIT.
ICH WILL KEINE SICHERHEIT, ICH WILL DEN **DUNKELELFEN**.
D-D-DROW-AUCH-TOT! **GETÖTET**-VON-WORG!
BIST DU SICHER?
ICH-GE-SEHEN-MIT-MEI-NEN-EIGENEN-AUGEN!
VERDAMMT, ICH WOLLTE SEINEN HÄSSLICHEN KOPF **FÜR MICH**.
ABER WAS GETAN IST, IST GETAN. GEH VORAN, FEENGEIST.

Nach der Schlacht **normalisierte** sich das Leben in Montolios Hain wieder.
Der **Sommer** verging friedlich und **arbeitsam**. Drizzt lernte die Namen aller Bäume und Pflanzen in der Region ...
... und aller Tiere.
Wichtiger aber war, dass er lernte zu lernen.
Drizzt entdeckte, was Montolio die ganze Zeit gewusst hatte: Er hatte das **Herz eines Waldläufers**.
Er lernte die **Hinweise** auf seine Umwelt deuten, die ihm **Mielikki**, Göttin des Waldes, in den Bewegungen der Tiere oder dem sich drehenden Wind sandte.

Doch als der Herbst kam, veränderte sich Montolio tiefgreifend: Er war oft müde, konnte kaum den Rücken durchdrücken, und oft schliefen ihm die Hände ein.
Der Waldläufer spürte sein Alter.
WAS HAST DU VOR, DRIZZT DO'URDEN?
VORHABEN?
WO UND WIE WIRST DU LEBEN?
NUN HIER, MIT DIR.
ICH MEINE DANACH.
NACH WAS?
HAH! MANCHMAL BIST DU SCHWER VON BEGRIFF, NICHT WAHR?
ICH BIN EIN ALTER MANN, UND DU BIST EIN JUNGER ELF. DU HAST VIEL MEHR JAHRE VOR DIR ALS ICH BEREITS HINTER MIR.
WO WIRD DRIZZT DO'URDEN HINGEHEN, WENN MONTOLIO DEBROUCHEE NICHT MEHR IST?
ICH WEISS NICHT ... ICH WERDE HIER BLEIBEN.
NEIN. DIESES LEBEN TAUGT NICHT FÜR DICH.
ES TAUGTE FÜR DICH.
FÜNF JAHRE LANG. FÜNF JAHRE NACH EINEM LEBEN VOLLER ABENTEUER UND AUFREGUNG.
DU BIST NOCH JUNG, ELF, UND DA DRAUSSEN IST EINE GROSSE, WEITE WELT VOLLER SCHMERZ, ABER AUCH VOLLER FREUDE.
VERSPRICH MIR, DASS DU AUSZIEHEN UND DIR DEINEN PLATZ DARIN SUCHEN WIRST, WENN ICH NICHT MEHR BIN.
ICH ... ICH VERSPRECHE ES.

Der erste Schnee fiel in diesem Jahr früh und verkündete den Anbruch des Winters.
Da Montolio kränkelte, oblag es Drizzt, Vorräte für die lange kalte Jahreszeit anzulegen, die vor ihnen lag.
ICH BIN ZURÜCK!
MONTOLIO?!
Etwas stimmte nicht. Der Hain, der sonst immer so voller Leben war, war verstummt.
Und plötzlich begriff Drizzt was das bedeutete.

Drizzt **begrub** Montolio in einem Grabhügel neben dem Hain.
Der Waldläufer hatte ein langes, **erfülltes** Leben hinter sich, hatte viel erreicht und das Leben **intensiver** gekostet, als es den meisten Menschen vergönnt war.
Obschon Drizzt seinen Tod **beklagte**, wusste er, dass Montolio seinen **Frieden** in Mielikkis Schoß gefunden hatte.
Drizzt verbrachte den Winter im Hain, ging still seinem Tagwerk nach und fragte sich, was die **Zukunft** wohl bringen würde.
Die Tiere, von denen die Bäume einst erfüllt gewesen waren, kamen jetzt nur noch **selten**, wenn überhaupt.
Eines Tages im Spätwinter sah Drizzt Montolios treuesten Gefährten, Auge, davonfliegen. Er kehrte **nie** wieder.
Zehn Jahre hatte Drizzt eine Heimat gesucht, und für eine Weile hatte er hier eine gefunden. Doch nun, da der Waldläufer fort war, schien der Hain nicht mehr **gastlich**.
Dies war **Montolios Heimat** gewesen, nicht Drizzts. Er musste gehen.
WIE VERSPROCHEN ...
So schritt Drizzt Do'Urden den Gebirgspfad hinab in die **weite Welt** voller Schmerz und Freude.

Sechs Jahre lang durchwanderte Drizzt den Norden, näherte sich Stadt um Stadt in der Hoffnung, man möge ihn aufnehmen.
Doch der Empfang war immer der gleiche: Vorurteile und Angst, die rasch in Wut umschlugen.
Gelegentlich war er sogar gezwungen zu kämpfen, doch er achtete darauf, dass er entkam, ohne jemanden schwer zu verletzen.
All dessen ungeachtet zog Drizzt immer weiter, Guenhwyvar an seiner Seite, die ihm Kraft gab ...
... und Mielikki im Herzen, die ihm Mut spendete.
Eines Tages würde er irgendwo Freunde finden.
Eines Tages würde er eine Heimat finden.

Roddy McGristle lebte seinerseits diese langen Jahre von der Klinge seiner Axt oder am Grunde eines Bierkrugs.
Roddy war noch nie ein netter Kerl gewesen, doch die körperlichen und seelischen Narben, die er davongetragen hatte, machten ihn mürrischer und eigenbrötlerischer denn je.
ES WAR EIN DUNKELELF, ICH SCHWÖR'S!
ICH LAGERTE NÖRDLICH VON GRUNWALD, ALS OHNE VORWARNUNG EIN FREMDER AUS DEM SCHATTEN TRAT.
ER HATTE DEN UMHANG ENG UM SICH GEZOGEN, DOCH ICH SAH SEINE HÄNDE, PECHSCHWARZ UND SCHMAL WIE DIE EINES ELFEN. ES WAR EIN DROW, DARAUF WÜRDE ICH MEIN LEBEN VERWETTEN!
WÜRDEST DU DAS?
EIN DUNKELELF HAT MEINEN HUND GETÖTET UND MIR DAS DA VERPASST. ERZÄHL MIR VON DEI'M DROW.
ER HATTE PURPURNE AUGEN, DAS WEISS ICH GENAU. ICH WERDE NIE VERGESSEN, WIE ER MICH AUS DEM SCHATTEN SEINER KAPUZE DAMIT ANSTARRTE.
PURPURNE AUGEN! BIST DU SICHER?!
J-JA!
WAS FÜR WAFFEN TRUG DER DROW?
ZWEI GEBOGENE SCHWERTER.
WO UND WANN?!
L-LAUERWALD, VOR DREI WOCHEN.
WENN DU MICH ANLÜGST...
NEIN, ICH SCHWÖR'S!

TEPHANIS!
PUB
WAS-GIBT-ES?
DU HAST MICH ANGELOGEN, DU VETTER EINES KOBOLDS!
DU HAS' MIR GESAGT, DER DROW WÄR' TOT! ABER DAS IST ER NICHT, NICHT WAHR?!
ICH-ICH-ICH-WOLLTE-DICH-NUR-SCHÜTZEN, HERR. DROW-STARK. ICH-FÜRCHTE-IHN.
TUT-TEPHANIS-LEID! TEPHANIS --
SCHNAUZE!
ICH WERDE DEN DROW TÖTEN, UND NICHTS UND NIEMAND WIRD MICH DAVON ABHALTEN!
KRUNCH

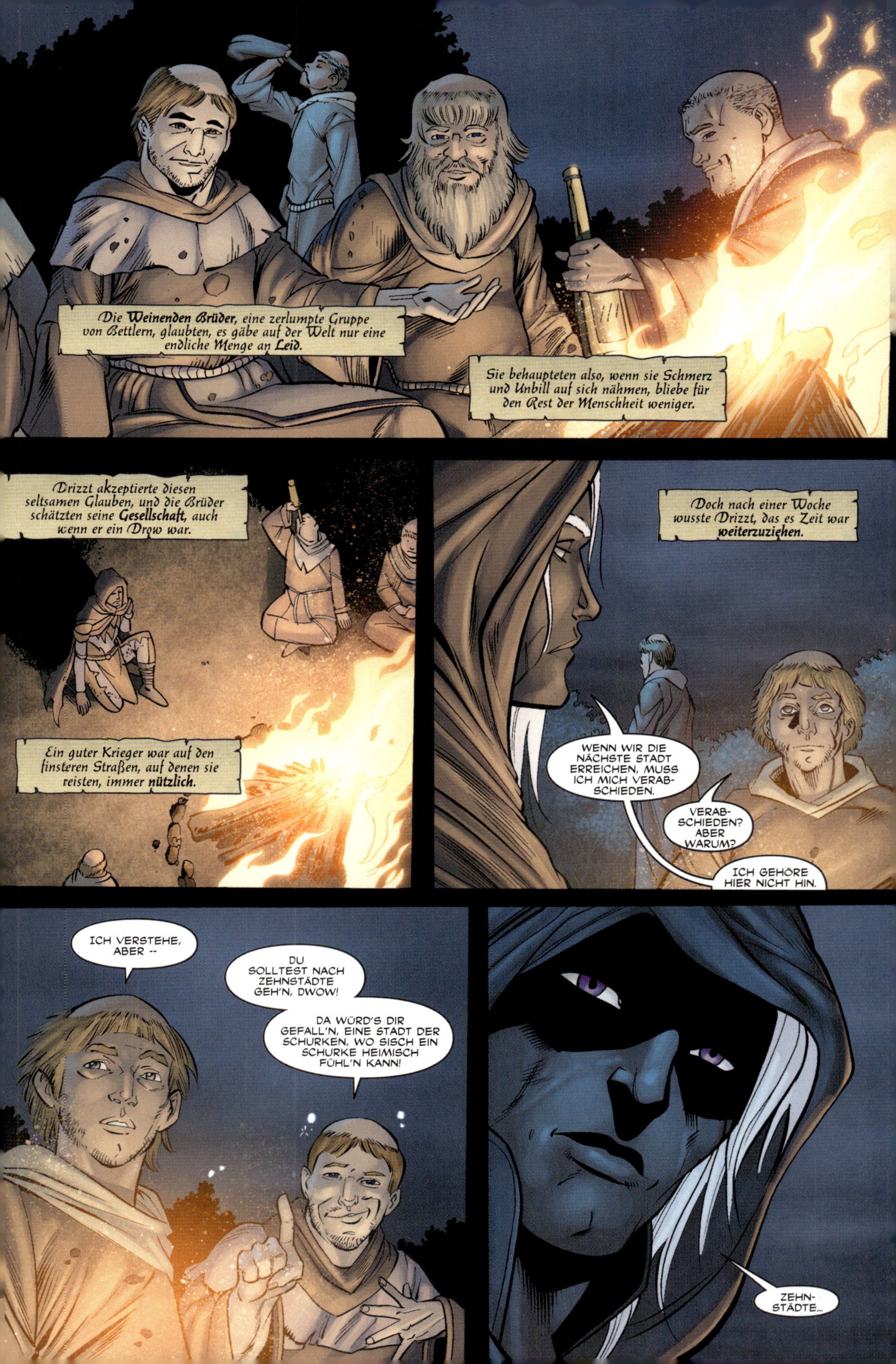

Die Weinenden Brüder, eine zerlumpte Gruppe von Bettlern, glaubten, es gäbe auf der Welt nur eine endliche Menge an Leid.
Sie behaupteten also, wenn sie Schmerz und Unbill auf sich nähmen, bliebe für den Rest der Menschheit weniger.
Drizzt akzeptierte diesen seltsamen Glauben, und die Brüder schätzten seine Gesellschaft, auch wenn er ein Drow war.
Ein guter Krieger war auf den finsteren Straßen, auf denen sie reisten, immer nützlich.
Doch nach einer Woche wusste Drizzt, das es Zeit war weiterzuziehen.
WENN WIR DIE NÄCHSTE STADT ERREICHEN, MUSS ICH MICH VERABSCHIEDEN.
VERABSCHIEDEN? ABER WARUM?
ICH GEHÖRE HIER NICHT HIN.
ICH VERSTEHE, ABER --
DU SOLLTEST NACH ZEHNSTÄDTE GEH'N, DWOW!
DA WÜRD'S DIR GEFALL'N, EINE STADT DER SCHURKEN, WO SISCH EIN SCHURKE HEIMISCH FÜHL'N KANN!
ZEHNSTÄDTE...

Kalter Wind fegte von den Bergen im Osten herab über die kahle Einöde eines Landstrichs namens Eiswindtal.
Drizzt war seit Monaten unterwegs durch seltsame Königreiche und über den Grat der Welt, eine gewaltige Gebirgskette.
Doch schließlich erreichte er...
...Zehnstädte.

Zehnstädte lag am Ende der Welt, umschlossen von einem Land nahezu ewigen Winters.
Eine gottverlassene letzte Zuflucht für die, die ihre Vergangenheit hinter sich lassen wollten.
HALT! WER BIST DU?
ICH BIN DRIZZT DO'URDEN.
BEI DEN GÖTTERN, EIN DROW!
ICH WILL DIR NICHTS BÖSES.
WAS TUN WIR?
ICH -- ICH WEISS NICHT. HOL DEN VORSITZENDEN CASSIUS.

W-WENN DU MICH TÖTEST, WERDEN DICH HUNDERT ARMBRÜSTE NIEDERSTRECKEN.
WARUM SOLLTE ICH?
DA IST ER, VORSITZENDER!
ICH HABE AUGEN IM KOPF, SOLDAT.
ICH BIN CASSIUS, DER STATTHALTER VON BRYN SHANDERS UND VORSITZENDER DES REGIERUNGSRATES VON ZEHNSTÄDTE.
ICH BIN DRIZZT DO'URDEN AUS MALDOBAR UND DARÜBER HINAUS.
WAS WILLST DU HIER, DROW?
ZEHNSTÄDTE IST EIN ORT DER SCHURKEN, SAGTE MAN MIR, UND ICH ZWEIFLE NICHT, DASS EIN DUNKELELF UNTER DEN OBERFLÄCHENBEWOHNERN ALS SCHURKE GILT.
BRYN SHANDER IST KEIN ORT FÜR DICH. GEH IN EINE DER KLEINEREN STÄDTE, GUTMET ODER DOUGANS LOCH.
WAS, WENN MAN MIR DORT DANN DEN EINLASS VERWEIGERT, WERTER HERR? WIEDER HINAUS IN DEN WIND, UM AUF DER ÖDEN EBENE ZU STERBEN?
DU WEISST NICHT --
ICH WEISS. ICH HABE DIESES SPIEL OFT GESPIELT.
WER WIRD EINEN DROW AUFNEHMEN, UND SEI ES EINER, DER SEIN VOLK VERLASSEN HAT UND NUR FRIEDEN WILL?

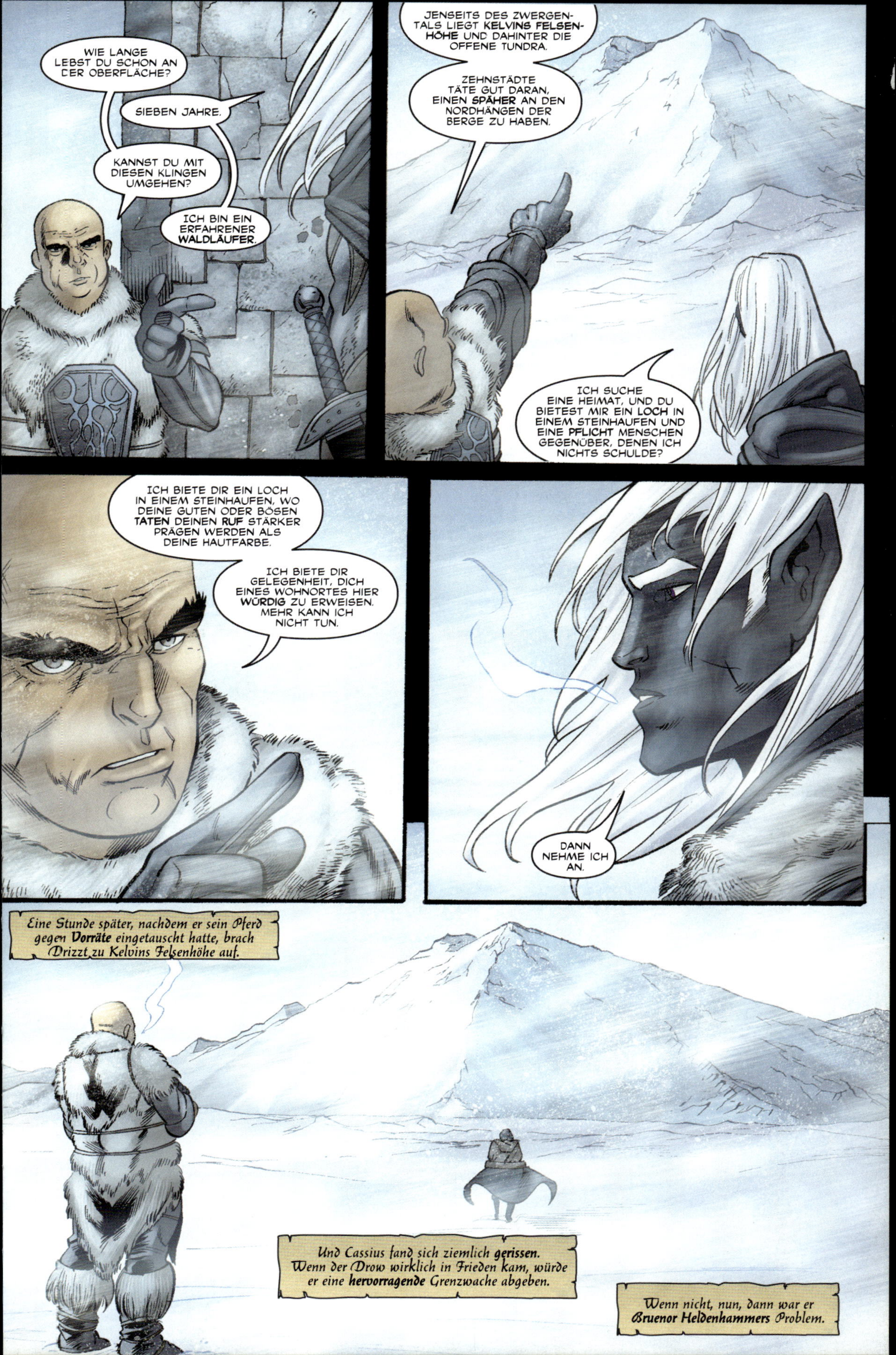
WIE LANGE LEBST DU SCHON AN DER OBERFLÄCHE?
SIEBEN JAHRE.
KANNST DU MIT DIESEN KLINGEN UMGEHEN?
ICH BIN EIN ERFAHRENER WALDLÄUFER.
JENSEITS DES ZWERGENTALS LIEGT KELVINS FELSENHÖHE UND DAHINTER DIE OFFENE TUNDRA.
ZEHNSTÄDTE TÄTE GUT DARAN, EINEN SPÄHER AN DEN NORDHÄNGEN DER BERGE ZU HABEN.
ICH SUCHE EINE HEIMAT, UND DU BIETEST MIR EIN LOCH IN EINEM STEINHAUFEN UND EINE PFLICHT MENSCHEN GEGENÜBER, DENEN ICH NICHTS SCHULDE?
ICH BIETE DIR EIN LOCH IN EINEM STEINHAUFEN, WO DEINE GUTEN ODER BÖSEN TATEN DEINEN RUF STÄRKER PRÄGEN WERDEN ALS DEINE HAUTFARBE.
ICH BIETE DIR GELEGENHEIT, DICH EINES WOHNORTES HIER WÜRDIG ZU ERWEISEN. MEHR KANN ICH NICHT TUN.
DANN NEHME ICH AN.
Eine Stunde später, nachdem er sein Pferd gegen Vorräte eingetauscht hatte, brach Drizzt zu Kelvins Felsenhöhe auf.
Und Cassius fand sich ziemlich gerissen. Wenn der Drow wirklich in Frieden kam, würde er eine hervorragende Grenzwache abgeben.
Wenn nicht, nun, dann war er Bruenor Heldenhammers Problem.

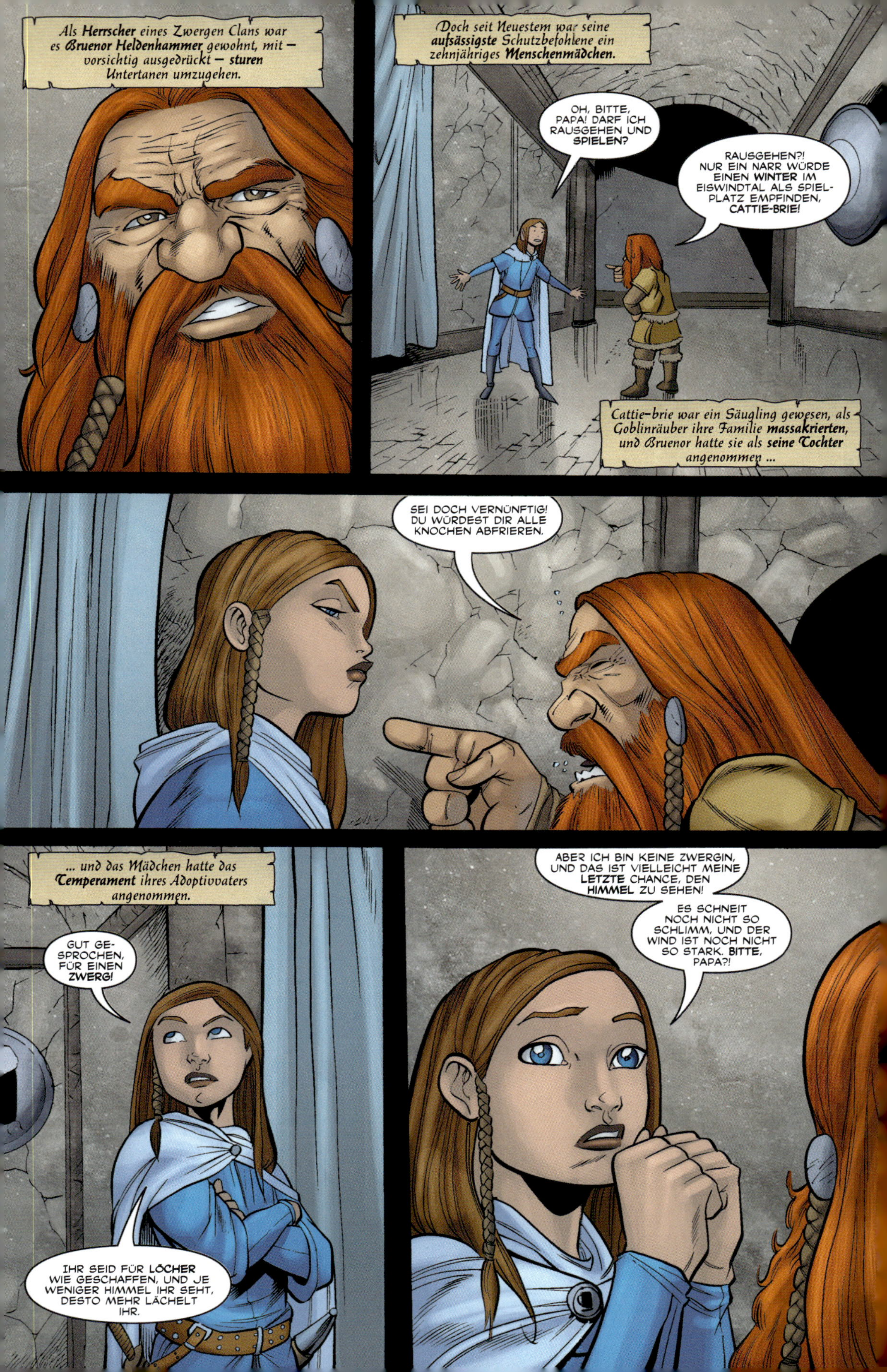
Als Herrscher eines Zwergen Clans war es Bruenor Heldenhammer gewohnt, mit – vorsichtig ausgedrückt – sturen Untertanen umzugehen.
Doch seit Neuestem war seine aufsässigste Schutzbefohlene ein zehnjähriges Menschenmädchen.
OH, BITTE, PAPA! DARF ICH RAUSGEHEN UND SPIELEN?
RAUSGEHEN?! NUR EIN NARR WÜRDE EINEN WINTER IM EISWINDTAL ALS SPIELPLATZ EMPFINDEN, CATTIE-BRIE!
Cattie-brie war ein Säugling gewesen, als Goblinräuber ihre Familie massakrierten, und Bruenor hatte sie als seine Tochter angenommen ...
SEI DOCH VERNÜNFTIG! DU WÜRDEST DIR ALLE KNOCHEN ABFRIEREN.
... und das Mädchen hatte das Temperament ihres Adoptivvaters angenommen.
GUT GESPROCHEN, FÜR EINEN ZWERG!
IHR SEID FÜR LÖCHER WIE GESCHAFFEN, UND JE WENIGER HIMMEL IHR SEHT, DESTO MEHR LÄCHELT IHR.
ABER ICH BIN KEINE ZWERGIN, UND DAS IST VIELLEICHT MEINE LETZTE CHANCE, DEN HIMMEL ZU SEHEN!
ES SCHNEIT NOCH NICHT SO SCHLIMM, UND DER WIND IST NOCH NICHT SO STARK. BITTE, PAPA?!

DU BIST EIN DICKSCHÄDEL, MEIN MÄDCHEN.
GUT ALSO, GEH RAUS UND SPIEL. ABER GEH NICHT ZU WEIT WEG! BLEIB IMMER IN SICHTWEITE DER HÖHLEN, VERSTANDEN?
JA!
DANKE, PAPA!
-:-HRMPF-:-
MENSCHEN!

JUCHUUU!
WAS ...?!
RRRRRRR
Drizzt patrouillierte die Hänge von Kelvins Felsenhöhe seit drei Wochen, immer nur begleitet von Guenhwyvar.
RUHIG, MEINE FREUNDIN. DAS MÄDCHEN IST KEIN FEIND. ODER, KLEINE?
N-NEIN.
Als er das Menschenmädchen gesehen hatte, hatte Drizzt beschlossen, sich vorzustellen. Er hatte aus seinen Fehlern in Maldobar gelernt und war entschlossen, seine neuen Nachbarn kennen zu lernen.
B-BIST DU EIN DROW?
JA. WAS BEDEUTET DAS FÜR DICH?
ICH HABE GEHÖRT, DROW SEIEN BÖSE, ABER SO KOMMST DU MIR NICHT VOR.
ICH BIN NICHT BÖSE, UND ICH WERDE DIR NICHTS TUN. MEIN NAME IST DRIZZT DO'URDEN.
ICH BIN CATTIE-BRIE, MEIN PAPA IST BRUENOR, KÖNIG DES HELDENHAMMER-CLANS DER ZWERGE.

FREUT MICH, CATTIE-BRIE, TOCHTER DES BRUENOR.
DEINE KATZE IST SCHÖN.
SIE HEISST GUENHWYVAR. DU KANNST SIE STREICHELN, WENN DU WILLST.
DU SOLLTEST NICHT ALLEIN HIER DRAUSSEN SEIN. IN DIESEN HÜGELN GIBT ES MONSTER... GROSSE, ZOTTIGE, WEISSE BESTIEN.
TUNDRA-YETIS, ABER VOR DENEN HABE ICH KEINE ANGST.
PURRRRR
ES WIRD NACHT, ICH GEHE BESSER HEIM, SONST MACHT SICH MEIN PAPA SORGEN.
BRAUCHST DU HILFE?
HAH! ICH KENNE DIESE PFADE BESSER ALS DU!
ZWEIFELS-OHNE.
AUF WIEDERSEHEN, DRIZZT! AUF WIEDERSEHEN, GUENHWYVAR! ICH VERSPRECHE, ICH KOMME WIEDER!
LEB WOHL, CATTIE-BRIE.
Das Treffen war besser verlaufen, als Drizzt zu träumen gewagt hätte.
Cattie-bries Unschuld hatte ihr erlaubt, über seine dunkle Haut hinwegzusehen, und Drizzt wusste, er hatte an jenem Tag eine Freundin gefunden. Vielleicht würde sie ihn irgendwann sogar ihrem Vater vorstellen.
Schließlich musste dieser Bruenor ein außergewöhnlich netter und verständnisvoller Zwerg sein, wenn er ein Menschenkind aufgenommen hatte.

HALT DICH VOM GEBIRGE FERN!
ICH GEHE NACH BRYN SHANDER, UM EIN PAAR DINGE ZU ERLEDIGEN, UND WAS SAGT MIR CASSIUS?
DASS EIN VERFLUCHTER DUNKELELF IN MEINEN HÜGELN HERUMRENNT!
ABER PAPA --
DEIN WORT DARAUF, MÄDCHEN! DU WIRST OHNE MEINE ERLAUBNIS KEINEN FUSS MEHR AUF DEN STEINHÜGEL SETZEN!
VERSPRICH ES MIR!
ICH VERSPRECHE ES.
Die nächsten paar Wochen waren für Cattie-brie eine Qual. Fragen an Drizzt wirbelten ihr im Kopf herum, und sie wollte unbedingt noch einmal mit ihm reden.
Gleichzeitig wagte es Cattie-brie nicht, ihr Versprechen zu brechen. Auch wenn sie wusste, dass Drizzt nicht die schreckliche Kreatur war, für die ihn Bruenor hielt.
Es musste einen anderen Weg geben ...

Sie fand die **Antwort** an einem der seltenen Mittwintertage, an denen Tauwetter herrschte.
Die Pfade rund um Kelvins Steinhügel waren **technisch** gesehen nicht Teil des Gebirges, also konnte sie sich auf ihnen frei bewegen.
Wenn sie nach Drizzt rief, hörten die scharfen Ohren des Dunkelelfen sie, und er kam aus seiner **kleinen Höhle** hoch oben in den Felsen herunter.
Alle paar Wochen **entfloh** Cattie-brie den Zwergenhöhlen und traf Drizzt auf den Pfaden.
Die beiden nahmen gemeinsam eine kleine Mahlzeit ein und erzählten einander **Geschichten.** Drizzt sprach von seiner Zeit in Menzoberranzan und Cattie-brie von ihrem Leben bei den Zwergen.
So verging der Winter, und die beiden wurden gute Freunde. Sie genossen die Gesellschaft des anderen sehr.

In jenem Jahr kam der Frühling spät, selbst nach den Maßstäben des Eiswindtals, doch für Bruenor kam er viel **zu früh.**
Er hatte geschworen, sich Cassius' Drow zu stellen, sobald der Schnee schmolz. Zwar hatte der stämmige Zwerg keine Angst, wohl aber genug Geschichten von den bösen Dunkelelfen gehört, um **vorsichtig** zu sein.
VERFLUCHTER DROW! ICH WERDE IHN AUS MEINEM GEBIRGE **VERJAGEN!**
EH?!
SSSSSSSSS
WHAM!

DANN KOMM, DU DUMMER WURM!
AHHH!
SHRIIIP
SHUK!!

HAT DIR DIE VORSTELLUNG GEFALLEN, ELF?
DANN JETZT WIR BEIDE, DROW! ÜBLE KREATUR!
DU HAST DIE STIRN, MIT BRUENOR HELDENHAMMER SPIELEN ZU WOLLEN?
Drizzt zuckte bei den Worten des Zwergs zusammen. Nachdem er so viel Zeit mit der toleranten Cattie-brie verbracht hatte, erzürnte es Drizzt zu erfahren, dass ihr Vater ihn nur als ein Monster sah.
Der finstere Teil seiner selbst, der Jäger, wollte hinunterspringen und Bruenor für seine Ignoranz bestrafen – für die Ignoranz aller, die Drizzt nur wegen seiner Volkszugehörigkeit abgelehnt hatten.
Doch er unterdrückte diesen Drang.
Drizzt wusste, was in seinem Herzen war, Mielikki wusste es, Cattie-brie wusste es, und Montolio hatte es gewusst.
Er würde sie nicht verraten, indem er Gewalt anwandte.
Drizzts plötzlicher Aufbruch verwirrte und ärgerte Bruenor. Nach allem, was er von Drow wusste, hätte er sehen müssen, daß er verwundet war – und hätte angreifen müssen. Warum ging der Dunkelelf fort?
Bruenor hatte Rätsel immer schon gehasst, und deshalb akzeptierte sein Geist rasch die einfachste Lösung – selbst wenn er sie nicht recht glaubte ...
NEIN, DOCH KEIN DROW. KANN NICHT SEIN.

Roddy McGristle kam ein paar Wochen später ins Eiswindtal.
Seine lange Jagd hatte ihn um die halbe Welt geführt, vom Lauerwald ...
... bis Mirabar, wo er die Weinenden Brüder gefunden und ihnen größeres Leid bereitet hatte, als sie je für möglich gehalten hätten ...
... dann nordwärts, über die Karawanenrouten nach Bryn Shander ...
... und von dort zum Heim des Clans Heldenhammer.
CASSIUS SAGT, IHR MÜSST DEN DROW GESEHEN HABEN, WO ER DOCH SO NAHE LEBT.
WENN JEMAND VON MEINEN LEUTEN IHN GESEHEN HAT, HAT ER ES MIR NICHT ERZÄHLT. WENN EUER DROW HIER IRGENDWO IST, HAT ER **KEINEN ÄRGER** GEMACHT.

HAT DER DROW EUCH DIESE HÜBSCHE NARBE VERPASST?
JA, UND MEINEN HUND GETÖTET.
SIEHT FÜR MICH GANZ LEBENDIG AUS.
MEINEN **ANDEREN** HUND!
ICH BIN EUCH VÖLLIG EGAL, UND DAS IST IN ORDNUNG SO. ABER ICH JAGE IHN NICHT FÜR MICH, SONDERN FÜR DIE, DIE ER GETÖTET HAT.
VOR JAHREN LEBTE IM SÜDEN IN DER STADT MALDOBAR EINE EINFACHE BAUERNFAMILIE, DIE DISTELDAUNES. GUTE LEUTE MIT EDLEM HERZEN, DIE DIE WELT LIEBTEN.
DANN KAM ER.
DER DROW STRECKTE SIE NIEDER! HACKTE SIE IN STÜCKE! SEINE TEUFELSKATZE FRASS DIE ÜBERRESTE!
LÜGNER!
IHR SEID MIT EINER **FINSTEREN GESCHICHTE** ZU UNS GEKOMMEN, McGRISTLE. IHR HABT MEINE TOCHTER ERSCHRECKT, UND DAS MAG ICH NICHT!
IHR MÜSST UM DIE GEFAHR AN EURER SCHWELLE WISSEN, WENN ICH'S EUCH DOCH SAGE: DER DROW IST BÖSE, DESHALB BRAUCHE ICH EURE HILFE.

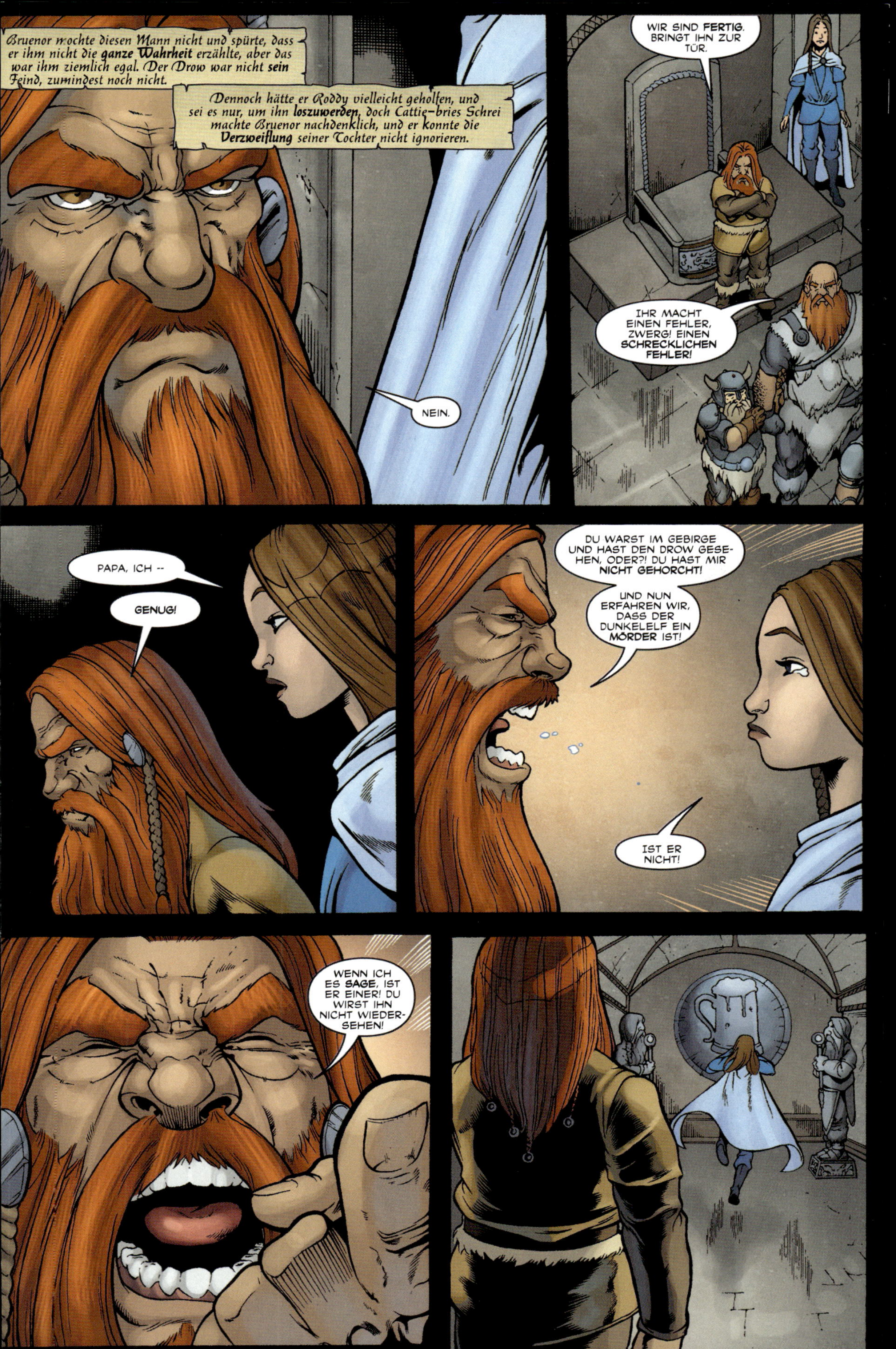
Bruenor mochte diesen Mann nicht und spürte, dass er ihm nicht die ganze Wahrheit erzählte, aber das war ihm ziemlich egal. Der Drow war nicht sein Feind, zumindest noch nicht.
Dennoch hätte er Roddy vielleicht geholfen, und sei es nur, um ihn loszuwerden, doch Cattie-bries Schrei machte Bruenor nachdenklich, und er konnte die Verzweiflung seiner Tochter nicht ignorieren.
NEIN.
WIR SIND FERTIG. BRINGT IHN ZUR TÜR.
IHR MACHT EINEN FEHLER, ZWERG! EINEN SCHRECKLICHEN FEHLER!
PAPA, ICH --
GENUG!
DU WARST IM GEBIRGE UND HAST DEN DROW GESEHEN, ODER?! DU HAST MIR NICHT GEHORCHT!
UND NUN ERFAHREN WIR, DASS DER DUNKELELF EIN MÖRDER IST!
IST ER NICHT!
WENN ICH ES SAGE, IST ER EINER! DU WIRST IHN NICHT WIEDERSEHEN!

DRIZZT!
WARUM BIST DU HIER, CATTIE-BRIE? WAS IST LOS?
DIE DISTELDAUNES AUS MALDOBAR, DAS IST LOS!
DIESE **GESCHICHTE** HAT MICH ALSO BIS ANS ENDE DER WELT VERFOLGT.
ICH HABE NUR DIE **MONSTER** GETÖTET, DIE DIE DISTELDAUNES ERMORDET HATTEN, MEIN WORT DARAUF!
IHR ERZÄHLT ZWEI UNTERSCHIEDLICHE VERSIONEN DARÜBER, DU UND McGRISTLE.
McGRISTLE?!

ER KAM HEUTE ZU UNS, EIN HÜNE MIT EINEM GROSSEN HUND. ER SAGTE, DU HÄTTEST DIE BAUERN GETÖTET.
DANN HAST DU NUR UNSER BEIDER WORT, DENN WIR KÖNNEN UNSERE GESCHICHTE BEIDE NICHT BEWEISEN.
ICH MOCHTE DIESEN HÄSSLICHEN GROBIAN VON ANFANG AN NICHT.
ABER ER JAGT DICH -- WAS WIRST DU TUN?
HAB KEINE ANGST UM MICH. MIT GUENHWYVAR AN MEINER SEITE WERDE ICH MIR RODDY MCGRISTLE VOM HALS HALTEN, BIS ICH WEISS, WIE ES WEITERGEHEN SOLL.
GEH JETZT HEIM. ICH GLAUBE, DEINEM VATER WÄRE ES NICHT RECHT, DASS DU HIER BIST.
GUTE NACHT!
Drizzt hatte McGristle für ein weit entferntes Problem gehalten, doch jetzt war die Bedrohung da, und er würde sich ihr wieder allein stellen müssen, wenn er sich ihr überhaupt stellen wollte.
Der Gedanke daran, gegen Roddy zu kämpfen – zu siegen oder zu verlieren – missfiel Drizzt, und so blieb ihm nur eine Wahl ...
KOMM, GUENHWYVAR, GEHEN WIR. DIES IST KEIN ZUHAUSE.

AEEI!
ICH WUSSTE, DASS DU ES WEISST!
DU BIST AUS EINEM BESTIMMTEN GRUND INS GEBIRGE GEGANGEN. DU WOLLTEST DEN DROW TREFFEN ... ICH WUSSTE, DASS IHR BEFREUNDET SEID. ICH HAB'S IN DEINEN AUGEN GESEHEN.
DU WEISST GAR NICHTS! DU LÜGNER!
DU WIRST MICH ZU DEM DROW BRINGEN, MÄDCHEN. ABER ERST TUN WIR NOCH EIN PAAR ANDERE DINGE, DAMIT DU LERNST, LEUTEN WIE RODDY NICHT IN DIE QUERE ZU KOMMEN --
LASS DAS MÄDCHEN LOS, McGRISTLE.

DU BIST ALSO GEKOMMEN, UM DICH DEINEM SCHICKSAL ZU STELLEN?
LAUF WEG, CATTIE-BRIE, DAS HIER GEHT DICH NICHTS AN.
GENUG, DU HAST MICH VIELE MEILEN UND VIELE JAHRE LANG VERFOLGT. ICH BEWUNDERE DEINE ZÄHIGKEIT, DOCH DEIN ZORN IST UNANGEBRACHT.
ICH HABE DIE DISTELDAUNES NICHT UMGEBRACHT.
ZU ALLEN NEUN HÖLLEN MIT DEN BAUERN. DIE SIND MIR VÖLLIG EGAL!
DU HAST MIR MEINEN HUND GENOMMEN UND MEIN GESICHT!
Drizzt wollte widersprechen, wollte Roddy daran erinnern, dass er vor langer Zeit den Kampf gesucht und dass seine Axt den Baum gefällt hatte, der dann sein Fleisch zerriss.
Doch er wusste, es würde nichts nützen. Roddys Stolz war verletzt, und ihn konnten Worte nicht heilen.
NIMM DEINEN HUND UND VERSCHWINDE, ICH WILL NICHT KÄMPFEN.
DANN ZWINGE ICH DICH!

BLEIB STEH'N!
KRUNCH
RAAAH!
-HN-
ICH SAGTE DOCH: GEH!

TÖTE MICH!
TÖTE MICH, ODER ICH WERDE DICH BIS ANS ENDE DER WELT JAGEN UND WENN NÖTIG DARÜBER HINAUS!
TÖTE MICH WIE MEINEN HUND DAMALS! ODER HAST DU DAZU NICHT DEN MUT?!
Wogen wirrer Gefühle stürmten auf Drizzt ein. Er wollte McGristle eher aus Frustration denn aus Rache töten, konnte es aber nicht.
Allem zufolge, was ihm lieb und teuer war, musste Drizzt Menschenleben respektieren, selbst ein so armseliges wie das von Roddy McGristle.
NEIN!

Stunden später ...
UHHHH ...
MORGEN.
NIEMAND RÜHRT UNGESTRAFT MEIN MÄDCHEN AN, McGRISTLE.
SIE IST MIT DEM DROW IM BUNDE!
JA, ICH BIN ZU IHM GEGANGEN. ICH WEISS WIE ER WIRKLICH IST, UND ER IST KEIN MÖRDER! ER HAT MICH VOR DEM DA GERETTET!
DER DUNKEL-ELF HAT SIE VER-WIRRT! IHR DEN KOPF MIT SEINEN GESCHICH-TEN VERDREHT!
ICH SAGTE DIR DOCH, ICH MAG ES NICHT, WENN MAN MEINE TOCHTER ERSCHRECKT.
DU KENNST MEIN MÄDCHEN NICHT, SONST HÄTTEST DU DIR ÜBERLEGT, OB DU SIE EINE LÜGNERIN NENNST, McGRISTLE.

Roddy McGristle und sein nunmehr dreibeiniger Hund verließen das Eiswindtal kurz darauf und kehrten nie wieder.
DIESER ORT HEISST BRUENORS STEIG, UND ICH BIN BRUENOR.
ICH HABE NIRGENDS EIN SCHILD GESEHEN, ABER WENN IHR DIESEN ORT FÜR EUCH BEANSPRUCHT, SO GEHE ICH.
-HRMPF!-
NICHTS WEITER ALS EIN VERDAMMTER STEINHAUFEN. NUR WEIL ICH IHN GETAUFT HABE, GEHÖRT ER MIR NOCH NICHT.
NICHTS IST, WIE ES SCHEINT, DROW.
IHR HABT McGRISTLE VERJAGT, NICHT?
PAH! ICH HABE MENSCHEN NOCH NIE GETRAUT. MAN WEISS NIE, WAS SIE IM SCHILDE FÜHREN.
ABER EIN ZWERG IST EIN ZWERG, EIN GNOM IST EIN GNOM, EIN ELF IST EIN ELF, EIN ORK IST DUMM UND HÄSSLICH UND EIN DROW IST EIN DROW... DACHTE ICH ZUMINDEST.
ICH DACHTE, ICH WÜSSTE ALLES, HÄTTE ALLES IM GRIFF -- DOCH ICH WEISS GAR NICHTS!
MEIN GANZES LEBEN LANG HÖRTE ICH, DROW SEIEN BÖSE. DOCH DANN KOMMT EINER IN MEIN TAL, UND SCHLIMMER NOCH, MEINE EIGENE TOCHTER RENNT ZU IHM!
SIE SAGT MIR, ER HABE EIN GUTES HERZ, UND ICH SEHE IN IHREN AUGEN, DASS SIE DIE WAHRHEIT SAGT... WAS NUN?!

BRUENORS STEIG! HA! NENN IHN DRIZZTS STEIG, NENN IHN, WIE DU WILLST! ER GEHÖRT JETZT DIR!
ABER PASS AUF MEIN MÄDCHEN AUF! WENN SIE WEITER SO ORKKÖPFIG SEIN WILL, DICH ZU BESUCHEN! WISSE, DASS ICH DICH FÜR IHR WOHLERGEHEN VERANTWORTLICH MACHE!
Drizzt würde Tage brauchen, um den weitschweifigen Monolog des Zwergs zu verstehen, doch eine Sache war klar:
Bruenor hatte ihn akzeptiert, wenn auch widerwillig. Drizzt konnte im Eiswindtal bleiben.
Nach fast zwanzig Jahren, Dutzenden von Schlachten und endlosen Wegen hatte er endlich gefunden, was er suchte.
Drizzt Do'Urden war zuhause.
Ende
Die Saga geht weiter in:
Der Kristallsplitter

DRIZZT
DIE PHANTASTISCHE HÖRSPIEL-SAGA
Die aufwendigste Fantasy-Vertonung seit "Der Herr der Ringe"
VERGESSENE REICHE
Im Reich der Spinne
VERGESSENE REICHE
im Handel:
Teil I - ab 29.09.2006
Teil II - ab 20.10.2006
Teil III - ab 03.11.2006
VERGESSENE REICHE
DRIZZT
R.A. Salvatores
Die Saga vom Dunkelelf 1
Der dritte Sohn
Phantastische Effekte, gewaltige Musiken und großartige Stimmen
Monumental-Kino für die Ohren!
Im Vertrieb von
FEDER & SCHWERT
Infos unter
www.merlausch.de
LAUSCH
Phantastische Hörspiele
Im Vertrieb von
AL!VE